非正規のうた

中嶋祥子 著

光陽出版社

非正規のうた・目次

『民主文学』二〇二二年一月号～九月号連載

非正規のうた

第一章　プレス金型製作所

東京都葛飾区を流れる中川の土手に沿って奈緒子はゆっくりと自転車を北の方向に走らせていた。

決して大きな川ではないが、それでも心地よい川風が頬を撫でていく。今日はこれから働こうとしているパートの面接に行くのだ。

葛飾区、総武線新小岩駅近くの一DKの団地が、村井奈緒子の結婚してからの住まいだった。一九七二年、奈緒子二十七歳。サラリーマンの夫、泰志と一歳の長男、博と三人暮らしで、早く自分たちの家を持ちたいと、奈緒子は共働きを始めることを考えていた。

新聞に折り込まれていた事務員募集の「藤田プレス金型製作所」の求人広告を何度となく眺めて、

「私、パートで働こうと思うのだけど」と夫に聞いてみた。

「博のことだけ心配だね。あとは何とかなるよ」

「そうね。思い切って一歩踏み出してみようかな」

そんな話し合いの末、奈緒子は電話をかけた。先方も急いでいるようで、面接日が決まった。

困ったときの助け舟はいつも実家の母だった。小岩に住んでいる奈緒子の母は早くから来てくれた。

「おばあちゃんと待っててね」

博はおばあちゃんに抱かれてご機嫌だった。これから始まる新しい世界に馴染んでゆけるだろうか。考えれば不安はいくつもある。

「なんとかなる」そう言って、奈緒子はペダルを踏んだ。

中川沿いに玩具やネジなどを製作している中小の町工場が密集する一角がある。そこに「藤田プレス金型製作所」はあった。団地から自転車で十分ほど、その道沿いには私立の北山保育園もある。園庭から子どもたちのにぎやかな声が聞こえる。ここに博が入れたらいいなと夢を描いた。

「ここを左折だわ」

奈緒子は自転車を止めて振り返った。そして胸いっぱい川風を吸い込んだ。

四十歳半ば程の藤田専務という肩書の男性が面接者だった。

「一歳の息子がいます」と奈緒子はまずそのことを話した。

「こちらは大丈夫ですよ。長く働いて下さる方がいいと思っています」と専務は言った。

　奈緒子はほっと息をついた。

「保育園は決まっていますか。北山保育園に入れるといいですね。私の子どもたちもみんなそこでお世話になりましたよ」

「そうですか、帰りに寄ってみます」

　簡単な事務と電話番、お茶くみなどが奈緒子の仕事だという。一階は工場、二階は設計室と応接コーナー、台所、奥は従業員の休憩室になっていた。女性は居ないようだ。紹介された経理担当の年配の男性と机を並べることになる。

日給千円、それでも少しは貯金に回せそうであった。

　専務の弟が二人、工場長と営業を担当している。奈緒子は、

「金型のことは何も分からないのですが」と言うと、

「まあ、ぼちぼちでいいですよ、一応工場も見て行ってください」と案内された。

「これが旋盤という機械です。これはボール盤、これがプレス金型です」

などと工作機械が何台か並んでいる中を回りながら説明された。

　金型が薄い板に何か複雑な形を切り抜いて順送りに流れていった。その音はとても大きく会話さえ聞こえにくい程だった。

「こういう工場は初めてですか、村井さんは二階に机を用意しますから騒音はないですよ」

専務はもう採用が決まったかのような話し方だった。

翌週から奈緒子は、この藤田プレス金型製作所でパートとして働くことになった。保育園にも空きがあり、博も馴らし保育から始めて、スムーズに保育園に馴染んでいった。これで奈緒子の働く体制が整った。

二階の事務所は事務机が六台、壁側に製図台が四台並んでいた。一番大きな製図台は畳一畳分を横にしたほどの大きさで、専務はここで金型の設計をしている。

二階の社員は齋藤という経理担当者と中年の製図工、そして若い二人の男性で、この二人は夜間の大学に通っていた。その他、運転手と外注の人が二、三人いつも出入りしている。時々専務の父親の社長が顔を見せた。

奈緒子はだんだん様子が分かってくると、お茶くみや電話番どころではなくなっていった。金型の図面は大きいものが多く、事務所のコピー機でとれないものは専門のコピー業者へ行く。工場へ図面を届け、材料の注文をする。

机を並べている齋藤はこの製作所のことは何でも分かっていて、どこに何があるのか、外注先の地図を書いてくれたり、とても親切だった。

事務所で起きる細々したことを「あ、村井さんお願い」と気安くみんなから頼まれるようになった。奈緒子はできることは何でも精一杯やって、みんなから重宝がられた。

こうして徐々に図面と向かい合うことになっていった。

「こんな短期講習があるよ」

ある日専務から言われて、都立東部テクノスクール江戸川校の「図面の読み方」という一週間の短期講習に参加した。ここで多少の図面の知識を得た。江戸川校は新小岩駅の南側、江戸川区役所の近くにあった。

たった一週間の講習だったが、とても役に立った。専務は夜間大学の機械工学部に通う二人にも気遣い、奈緒子にも職業訓練を勧めるなど、細かい配慮をしていた。

金型の材料は図面の右下の表題欄の上に部品欄があって、部品ごとに番号が付けられ、材質と重量などが書かれていた。板厚や丸棒の寸法に削り代を加えて、無駄の出ないように材料取りの寸法を決める。バネやネジなどの購入品は纏めて注文する。専務や大学生に教えてもらいながら、結局、図面に関わらずに、ここで過ごすことはできないと奈緒子は思うようになっていった。

近くに住む社長が時々来ると、抹茶を飲む。奈緒子はちょうどよい湯加減で茶筅を回す。

「うまいのう」と広島弁で語り、ゆっくりとお茶を楽しむのだ。八十代半ばの見事な白髪、そこに居るだけでみんなを和ませる。齋藤が言っていた「社長は広島出身で、原爆で苦労した人なんですよ」という言葉が甦る。

常用の漢方薬が切れると、青砥の専門薬局まで奈緒子は使いに出る。

中川の土手を自転車で走るこの使いは、気分転換で楽しいひと時だった。

中小の工場が密集するこの辺り、「全金」と赤地に白く染め抜かれた旗が工場の門にはためいていた。あれは何だろうと思いを巡らせる。

金型は男型と女型の部分が命で、複雑な形をしている物が多い。放電加工やワイヤーカットなどが行われるのだが、その部分の数値制御のコンピューター入力を頼まれた。数値がパンチテープとなってするすると流れてくる。やってみると面白くてのめり込んでいった。出来上がりの製品を要求通りの精度に仕上げるため工場では微調整が何度も行われた。これが金型職人の技でミクロン単位の数値だ。専務が指示した数値を入力して、データに反映させる。こうしてデータ化しておくと次の注文時に役立つのだ。

設計された組立図から部品の製作図を描く「バラシ」という作業も、少しずつ関わるようになった。

金型は大きいものから小さいものまで、一台一台製作する。金型から生み出される品物は、電気製品の部品であったり、音響製品の一部であったり、工場でポンポンとリズミカルに出来上がってくる製品を、奈緒子は時間があるときは、飽きもせず眺めていた。

「最初にこの小さな穴を孔けるんだ。これを送ってゆくと次のピンに嵌る。これがパイロットピンだ。曲げたり絞ったり、このパイロットピンが基準になる」

「なるほど、良くできているんですね」

「いくつもの工程を経て出来上がりだ」

「金型って、素晴らしいですね」

「分かるのか村井さん」

「分かるわよ。これが、トランスファーっていうんでしょ。専務が言っていたわ」

二階で描いて、下の工場で作る。

「あの時の図面はこれなのかって分かると、すごく嬉しいわ」

「また、見においで」

「あらいやだ、頼まれたバネを届けに来たのに。すっかりお邪魔しました」

納期に間に合わせるよう残業になることもあった。

「ほら、保育園のお迎えに間に合わなくなるよ」と、経理の齋藤が声をかけてくれる。

ここで働くようになってようやく小さいながらも団地に近い建売住宅を求めて引っ越した。多額な住宅ローンを抱えたが、ついに夢を叶えた。

「村井さん、テクノスクールの夜間訓練、半年コースで機械製図の募集があるよ。今勉強しておくと役に立つと思うよ」

またもや専務に勧められた。二人の若者も夜間大学をこの春卒業する。専務は若者の教育に熱心だった。奈緒子も学びたいと思った。製図は自分に向いているかもしれない。しかし、様々な段取りを考えると、そう容易に通えるものだろうか。迷いはあった。しかし相談だけはしてみようと泰志に話した。

「何とかなるよ。お義母さんにも相談してみよう」と勧めてくれた。

二十代最後の齢になっていた。将来を見据え目標を持つことが大事だと思った。まずテクノスクールで職業訓練を受けてみようと心が動いた。

こうして奈緒子は夜間の機械製図科の生徒になったのだが、博のお迎えは泰志と母にすっかり世話になった。

夜間機械製図科の担任佐々木信哉は、クラスでたった一人の女性であり母親である奈緒子をいつも気遣ってくれた。材料力学や強度計算など、質問しに行くと、分かりやすく解説してくれた。十人のクラスメイトも親切だった。みな昼は機械関係の仕事に就いているが、熱心に学び理解が早い。奈緒子は子育て、仕事、勉強と三足の草鞋を履き、みんなに追いついてゆくのがやっとだった。

何とか六ヶ月の訓練を終え、夜間機械製図科を修了した。やっと一息つく思いだった。ここでの訓練は、金型の図面にすぐに役立っていった。

それから一年ほど経った時のこと、担任の佐々木から電話があった。

「昼のトレース科の講師に空きができたが、やってみてはどうかね」と言う。

「指導員免許の資格試験を受けてもらわないとならないが、週二、三日の出講で働きやすいと思うよ」

思いもよらないことだった。夜間の機械製図科で職業訓練とは、とても大事なことだと感じていた。しかし、講師など自分にできるかどうか、それは無理だろうと思った。

「いやあ、心配ないよ。君に向いているかも知れないよ」

佐々木の言葉に、奈緒子は次第に心を動かされていった。

泰志に話してみた。

「やってみればいいじゃないか。そう言われたことはチャンスかもしれない」と言う。

非常勤講師は週に二、三日、藤田プレス金型製作所の仕事を半分にして両立できないか、専務に相談した。部品図を描く仕事を自宅でやる。数値制御の入力などは事務所で行うなど、奈緒子の都合に合わせた働き方を認めてもらった。藤田製作所の人たちは、皆気さくな労働者だった。専務も従業員と同じく作業服を着て機械を回し加工をする。皆と同じ社内弁当を食べる、そんな職場でよかったと奈緒子は思う。

東京都職業訓練指導員免許の取得はいくつかの方法があるが、奈緒子は東京都の実施する試験を直接受ける方法を選んだ。過去の問題等佐々木から指導を受け集中して勉強した。試験場は大塚駅に近い北部テクノスクールで、学科と実技の試験を受けた。一週間後に有楽町の都庁へ発表を見に行った。

合格を確認した時、奈緒子は心から嬉しいと思った。佐々木のような、生徒に寄り添い親身になって教える講師に自分もなりたいと思った。

時を同じくして専務の奥さんが、

「子どもたちに手がかからなくなったから」

と事務所を手伝うことになって、奈緒子も一安心だった。

都立東部テクノスクール江戸川校は、昼間訓練七科目、訓練生年間三百人を受け入れる職業訓練校である。夜間訓練の二科目はこの年から他のテクノスクールに移って行われていた。

正規職員五十人あまり、非常勤講師はそれより圧倒的に多く百人を超える。こうして村井奈緒子は、テクノスクール江戸川校のトレース科非常勤講師となった。

非常勤講師は各科に複数配置され、専門性を活かして授業を担当していた。一口に非常勤講師と言っても様々な立場の違いがあった。大学や工業高校で教職を本業とし、その傍らで職業訓練の講師をする人、自営業者で兼業する人、また非常勤講師を専業とする人など、色々だった。

四階建ロの字型の校舎で、真ん中に校庭があり、体育の授業や球技大会もできる広さがあった。

一九六〇年の建物で、いささか老朽ぎみであったが、二階の職員室の隣に、広い講師室があり、授業を終えた講師たちが次々と引き上げてくると、どっと賑やかになる。洋裁科、自動車整備科、機械製図科、機械加工科、タイプ製版科、公害防止科、トレース科など経験豊かな専門家集団だ。様々な話題が豊富に交わされていた。碁盤も置いてあった。十五分の休み時間に碁を打ち、昼休みに持ち込む囲碁仲間たちもいれば、それを取り巻く見物人、編み物に夢中な女性たちもいる。

奈緒子は週三日、年間八百時間の授業と実習を担当していた。

新米の頃に、「ここで長く働きたいのなら担任に嫌われないことだよ。講師料は、我慢料、涙料だと思えばよい」

と、洋裁科のベテラン講師が忠告してくれた。

「えっ、そうなんですか」

まるで徒弟制度ではないかと、奈緒子は腑に落ちなかった。しかし衝撃的なこの言葉をアドバイスとして受け止めた。

洋裁科の卒業制作に役立ったこともあった。実費でワンピースやスーツを縫ってもらった。生徒が失敗することも覚悟だったが、指導員が付き添って仮縫いをして、修了制作の発表会に並んだ。奈緒子は講師室で他の講師と一緒にファッションショーのリハーサルをして居合わせた講師たちを笑いに巻き込んだ。

この全科一緒の講師室は、正規職員も時々顔を出して息抜きをしていく、湯飲みを持ちこんで寛ぐこともしばしばあった。

ここで過ごす講師同士の長い交流の時間は、奈緒子にとって豊かな実りの時間であった。

春休みに入ると、公害防止科の平林講師は毎年志賀高原の私学の山荘を使って、三泊四日の「平林子どもスキー合宿」を行う。子どもが大好きな彼の本業は大学教授。週一日テクノスクールで化学を教えていた。

奈緒子は平林に声をかけられて今年も小学三年生になった息子の博を連れてこの合宿に参加した。その年は子ども十人、大人八人の参加者でスキーを担いでバスに乗り込んだ。

銀世界の中で平林子どもスキースクールが始まった。平林校長の挨拶を子どもたちは真剣に聞き入る。級長は六年生の校長の長男。副校長は平林の同僚。二年生の娘を連れて参加している。

先頭の校長に子どもたちが続き、最後尾に副校長が付いて、長い鎖の列は初心者のゲレンデを滑って行った。

奈緒子の夫、泰志は民間の会社で働き、年齢的にも中堅の一番忙しい時期だった。夫も是非一緒に参加してほしいと思ったが、

「教員や公務員は良いよなぁ」

と言って、自分にはそのような時間は取れない言い訳をしていた。

奈緒子は自分だけでは叶えてやれない、こんな経験を子どもに与えてくれたテクノスクールの講師たちに感謝の気持ちでいっぱいだった。

「さあ、俺たちも羽を伸ばそう」

昼の待ち合わせまで、大人組の自由時間だった。奈緒子も何とかみんなに遅れまいと必死で滑った。そしてゲレンデの中の山小屋で全員が集合し楽しいひと時の昼食をとる。午後も子どもスキースクールは続く。

夜は、山荘で夕食を囲んで子どもたちは、一日の体験を、目を輝かせて語った。一人でリフトに乗れた嬉しさ、ジャンプの高さに、

「鳥になったみたいだった」

と、両手を広げる子。スピード、急斜面、それらの恐怖感を乗り越えてゆく子どもたちの逞しさ。様々に語り、どの子たちも一年前より大きく成長した姿が溢れ出ていた。親たちも嬉しそうだった。

夏休みには白馬岳登山に誘われた。リーダーは正規職員で機械加工科担任の三枝慎だ。大人に混じって、子どもは四年生の奈緒子の息子だけだった。北アルプス白馬岳から唐松岳の縦走は奈緒子自身も冒険だった。

「息子は僕が面倒を見るから一緒に行こう」

と、三枝が誘ってくれた。

白馬尻から大雪渓を登る。登山靴にアイゼンを付けていよいよ始まりだ。自然の雄大さに圧倒されながら一歩一歩雪渓を踏みしめてゆく。

良い出だしができたと思った矢先、博は足が痛いと言って一歩も動かなくなってしまった。こんなところでと、奈緒子は途方に暮れたのだが、

「どれ、おじさんが看てあげよう」

三枝がしゃがみこんで痛い足を眺め、靴下を手繰り上げてくれた。登山靴の中で靴下の皺が当たっていたのだろう。博は、

「治った」

と、再び歩き出した。雪渓の途中でひやりとさせられたが、それからは三枝にぴったりとくっついて、奈緒子以上によく歩いた。

奈緒子は登山やスキーを通し、自然を楽しむことを知った。それはこの白馬岳から始まったと言える。

この素晴らしさは自分たちだけでは勿体ない。是非訓練生も修了生も誘いサークルを作りたいと語り合った。

登山という共通の楽しみの中で、準備を進め「コンパス山の会」へと発展していった。

職業訓練の現場では、非常勤講師という立場の弱さを思い知らされることもしばしばあった。

ある時、タイプ製版科の女性講師が講師室の机に伏せて泣いていた。奈緒子が入ってきたので慌てて作り笑いをしたのだが、

「何かあったの」

しばらく躊躇っていた彼女は、

「首になってしまった」と言った。

担任から、もう来なくていいと言われたと言うのだ。担任は自分の知人の講師を採用したそうだ。

一人の人間の背景には、生活があり家族がある。

「いつも担任の都合に合わせて、自分のことは後回しにして働いてきたのに、悔しくて、つい泣けてしまったわ」

我慢料、涙料の言葉が甦ってきた。これでは非常勤講師はまるで使い勝手の良い調整弁ではないか。

何もしてあげることができず、慰めようもなかった。

同じような出来事を何度か奈緒子は見てきた。虐めや、授業時間数の削減や不利益な変更をされることが、非常勤講師の中に度々起こった。もちろん担任のすべてがそうではな

いのだが、いつも立場の弱い非常勤講師の方が泣き寝入りしていた。

岩瀬校長は、時折訓練生に向けて「校長の講話会」を催すことがあった。奈緒子も生徒に交じって後ろの席で聴講した。話は主に文学が多かったが、そこに留まらず、これから仕事に就こうとする者に、文学や文化を通して生き方を示した。訓練の指導はこうありたいと、奈緒子にも有意義な時間だった。

その中で吉野源三郎の「君たちはどう生きるか」を取り上げたことがあった。生徒の真剣な眼差し、感想をぎっしり書いている姿も感動的だった。奈緒子も改めてその本を読んだ。あのような講話をする校長は後にも先にも岩瀬の他はいなかった。

様々な理由でテクノスクールに学ぶことになった生徒たちに、生きること、働くこと、人間とは何なのだろうかという問いかけを、分かり易い言葉で話す岩瀬校長を奈緒子は尊敬した。

岩瀬校長の提案で、正規・非正規合わせて全職員の忘年会が区民センターで行われた。正規職員と非常勤講師の交流は初めてで、楽しい催しだった。席はくじ引きで奈緒子はたまたま岩瀬校長の隣になった。宴もたけなわになった頃、

「私の講話の時間に村井先生がおられるのに気づいて、緊張しましたよ」

と、岩瀬は冗談を言った。

「村井先生、私の話は生徒たちに受け止めてもらえたのでしょうか」
と、聞かれた。その質問に対して奈緒子は生徒の一人が語った言葉を伝えた。
「私は、職業訓練は人に勧められて仕方なくテクノスクールへ来たのですが、校長先生の
話を聞いてから、もっと真剣に授業を受けようと心を入れ替えました」と。
「そうですか、それはありがたい。あんな難しい話をして訓練生に受け止めてもらえる
か、気になっていました。長い人生の羅針盤になるような話をしたいと、私はいつも考え
ているのですが、難しいことですね」と、岩瀬はこんな言葉を奈緒子にかけたのだ。
その翌年岩瀬は異動となった。正規・非正規の垣根を取り払ったこのような会は、この
時が最初で最後だった。その後は毎年の年賀状のみの交流となったが、この時期が奈緒子
にとって、一番本を読むことが多かった時期かもしれない。校長の話の中に出てきた小林
多喜二や石川達三の小説やケストナーの児童文学も感動して読んだ。
岩瀬の講話は沢山の訓練生に種を蒔いてきたと思う。その種は発芽し、今でも何処かで
育っていると感じている。
奈緒子自身の職業訓練に対する考え方に、岩瀬校長の影響が後々までも脈打っていた。
テクノスクールに来る女性の生徒は、自宅で仕事ができないものかと、将来の夢を持っ
て来る人もかなりいた。奈緒子自身もそうであるが、それは家事労働や育児・介護などが
重く女性に伸しかかり、そこから解き放たれてはいないが、それでもなお沸き起こる切な

る労働意欲の現れでもあった。

テクノスクールを修了し、製図の道具を揃えて、知人や友人の伝手を頼りに仕事をもらい、自宅で何とか家事と両立させて、仕事を増やしてゆく。そんな生徒たちを何人も見てきた。働き甲斐も感じると言う。しかし、仕事上のことで時には困難に遭遇することがしばしばあった。一人で抱え込んで悩む中で、テクノスクールを思い出すのだ。頼れるものは母校のテクノスクールだと気が付き、沢山の質問をもって講師室を訪れるのだ。

居合わせた講師たちで一緒に話し合う。テクノスクールで描いた図面は教材で基本的なものだ。金型の図面もかなり特殊だが、仕事となるとそれぞれの会社で社内規格も違い、思いもよらない描き方であることがしばしばあった。

これらの問題をどのように解決していったらよいのか、奈緒子はしばらく考えていた。修了生同士の経験を持ち寄って意見交換や勉強会ができたらどんなに良いだろうかと思った。それができるのは、奈緒子たち講師より他にはない。奈緒子はもう一人の工業数理の柴田講師を誘って、クラスをまたいで修了生同士が交流できる会を作りたいと相談を持ち掛けた。

「それは良いアイデアですね、我々にとっても、今の世の中の先端と交流することになって勉強になりますね」と同意してくれた。正規職員の三枝にも呼びかけ協力を頼んだ。

そんな経緯の中で「えんぴつクラブ」が誕生した。訓練生の仕事や生活の悩みに向き合い相談にのり、テーマを決めて学習会をするなど、有意義な時間を過ごしていた。

会の仲間同士、受注する仕事は、量が一定せず何日も徹夜が続く時もあれば、全く仕事のない月もある。そんな時、手の空いている者に仕事を回し手伝ってもらう。逆の時もある。ワークシェアリングだ。「えんぴつクラブ」は、お互いに融通しあう仲間となっていった。その交流から得るものは大変大きかった。忘年会や花見など楽しい集まりも盛んに計画した。時には「コンパス山の会」と合流して旅行や登山も楽しんだ。

ある時、奈緒子にとって大きな収穫となる出来事があった。

「村井さん、旋盤を回してみないかい」

と、三枝から声がかかった。奈緒子は東京都の職業訓練指導員免許を独学で取ったが、機械の扱いは充分にはできなかった。金型の図面を描き身近にも見ている工作機械だったが、この機会に是非とも学びたかった。出講日の放課後、機械加工科実習室で三枝に見守られて軸を削った。旋盤のチャックに材料を取り付けるところから始めた。力を入れて締め付けネジをしっかりと固定した。しかし充分締め付けたつもりでも三枝が回すと更にまだ回るのだ。

トースカンという工具を使って芯を出す。端面を削る。軸径が寸法通りに削れているか直径をノギスで測定する。何ケ月もかけてネジを切るところまで教えてもらった。

炭素鋼やアルミニウムなど何種類かの材料を削った。金属の硬さ軟らかさなど、切削を通して体験した。これがどんなに大切なことであったか実感し、その後の授業で活かしていくことができた。

その頃、奈緒子は機械製図の規格を担当していた。授業は断面図示に差し掛かっていた。初めて習う機械製図は、何と難しい言葉が出てくることか。

「この断面の表し方は、なんと言うのですか」

図形のなかに、その部分の断面を九十度回転させて図示する方法を質問した。さて誰を指そうかと教壇を下りると、みんなは慌てて教科書をめくり出す。

「はーい」と一人が手をあげた。

「じゃ黒板に書いてきて」

「回転ずし」と彼は書いて戻ってきた。

奈緒子の思い通りの答え。

「イクラにしようかな、トロにしようかな」

どっと大笑いになった。

「漢字使ってね」

それにしても、回転図示など彼らが今までやっていた仕事では決して使わなかったであろう難しい用語が飛び出てくる。

「今日はハメアイについて勉強します」

穴と軸はどのような関係ではめあうのか。その用途に応じたハメアイを理解してもらう授業だ。

小学校の理科の時間、電気の授業で、プラスとマイナスは、人間で言うと男と女みたいなものだと先生が言った。何故ならば互いに引き合うからだと説明されたことを奈緒子は忘れられない。

「お前たちもきっとそう感ずる時が来る」

あの時のドキッとしたこと、そして男と女は引き合うものなのだということ、子どもながらその秘密を意識した瞬間だったかもしれない。

オネジとメネジのことや、軸と軸穴の話をする時、奈緒子はいつも、あの理科の先生を思い出す。

「ハメアイには、穴と軸がそれぞれの公差の範囲内ででき上がった時、常にスキマができるスキマバメ、常にシメシロができるシマリバメ、そしてどちらもできる中間バメの三つの種類があります」

教科書どおりに言ってみても、容易にイメージが湧かない。スキマバメは理解できても、シマリバメはそう簡単にイメージできない。上手く伝えられないのだ。

仕事の現場では軸を「オス」、穴を「メス」と呼んでいる。このオス・メスという言葉を他の言葉に置き換えることができないほど、ぴったりと言い当てた言葉だ。

「車輪と車軸の関係のように、きつくハメ合っているものがシマリバメです」と言ってみても、納得したような顔は見られない。機械でも電機でも、自分の身の回りの道具・家具でも何と凹凸の多いことだろう。

「皆さん、身の回りの凹凸を沢山探してみましょう」

でもあの理科の先生のようなゾクっとする見事な表現は自分にはできそうもないと、奈緒子は思う。


「村井先生、こんにちは」

昼休みひょっこり顔を出したのは、つい二週間前の修了生だ。

「あれ、今日はどうしたの」

彼女は就職が決まって、今日就職届けを提出しに来たとのことだった。

「今日は先生に会える日と思って。先生、就職試験でスケッチをやらされてしまいました。先生の授業でやっておいて本当によかったです。こんなに早く役に立つとは思いませんでした」

お礼が言いたくて来たという。

「段の付いた軸で、キーミゾがあって、そんなに難しくはなかったけれど、ぜんぜん手もつけられなかった人もいました」

　キーミゾとは軸に歯車などを取り付けるとき、固定させるためにキーを入れる。そのために切り欠く溝のことで、彼女の嬉しそうな顔をみていると、奈緒子までニコニコしてしまう。

　スケッチ製図は、品物を見て図面を起こす作業である。それは品物の形状、材質、表面あらさ、ハメアイ、寸法公差など、機械全般の知識を総動員して行われる学習なのだ。奈緒子は彼女が帰った後も、嬉しい気持ちで満たされていた。

　一番前に座っている安田は、いつも一言も漏らすまいと真っ直ぐ奈緒子を見ている。たまたま入校選考の時、奈緒子が面接をした。前職は、出産を理由に辞めざるを得なかったと言う。

　奈緒子にはその悔しさが良く分かる。

「私は結婚して、子どもができても働き続けて行きたかったです。この学校に入って技術を身につけて、長く働きたいと思っています」

　そう言う彼女は、半年前に出産したと告げた。母親らしい円やかな体つきが印象的だった。

「保育園は決まっていますか」

「はい、保育ママさんに頼むことになっています」

「じゃ、訓練期間大丈夫ですね」

判定会議は応募者一人一人について試験と面接の結果を勘案し、合格者を絞り込んでゆく。奈緒子は、修了まで頑張れる人だと思うと述べて、彼女を推した。

安田は今日もその時の思いを持続させて、奈緒子の話に聞き入っている。

午後の授業は猛烈に眠気が襲うのだ。見渡すと虚ろな白目と出会ったりする。時々横道にそれて、眠気を吹き飛ばしてやらねばならない。

授業はちょうど滑り止めのローレットのところだった。

「ローレットには、アヤ目と平目があります」

教室の中から予想通りクスクスと笑いが起こった。平目という響きが可笑しかったのだろう。しかし、それにはおかまいなく、

「あやめの花にもアヤ目があるんですよ」

今笑った顔は、今度は腑に落ちない顔に変わった。奈緒子は黒板にあやめの花の絵を描いて、花びらの中ほどに格子模様を入れた。

「これは尾瀬に咲いているヒオウギアヤメという花です」

初夏の尾瀬は特に花々が美しい。このヒオウギアヤメをアップでカメラに納めていると、紫の花びらの芯に近い白地の部分に、黒の網目模様がくっきりと描かれていた。

「だからアヤメっていうんでしょうね」

どうやらみんなの眠気は去ろうとしていた。そこで、尾瀬の冷たい空気をさらにもう一言、アヤメのとなりに大きく水芭蕉の絵を描いた。

「尾瀬に行ったことありますか。尾瀬は雪の中から、水芭蕉が咲き出して春を迎えるの。水芭蕉って、とっても可愛い花なんです。おくるみにくるまれた赤ちゃんみたいなのよ」

奈緒子がそう言って白と黄色のチョークで塗りつぶして、そろそろ本題に戻ろうとした時だった。

「あっーっ」と最前列の安田が小さく声をあげた。彼女のブラウスの右の乳房の辺りが、みるみる濡れていった。


郵便受けに金縁の封筒が光っていた。奈緒子はおやっと思って急いで封を切った。それは結婚式の招待状だった。

三年前の修了生、鴨井幸子だ。彼女は三十を少し超えていて離婚直後であり、これから一人で生きてゆくため技術を身に着けようとテクノスクールへ来たと言う。重たい現実を抱え少々疲れているように見えた。

修了後就職したが、音沙汰はなく、順調に仕事しているのだろうと、今ではすっかり忘れていた。そんな折の突然の招待状だった。

Cruising Weddingと金文字で印刷されている。隅田川を下って東京湾に出る二時間半の披露宴だった。彼女はこの三年の間に就職をして仕事を覚え、そして恋愛をしたのだろうか。刻々と変わってゆく様子を想像して、彼女らしいなと奈緒子は一人悦に入った。

梅雨の最中の結婚式、何を着てゆこうかとたわいのないことを考えながら、同封の葉書にお祝いの一言を添えて、出席する旨返事を書いた。

当日はあいにく雨模様の日で、奈緒子は洋服で参加した。駅までの歩道に沿って、しっとりと紫陽花が水色の帯のように続いている。幸子に何とお祝いの言葉を掛けようかと、紫陽花に問いかけた。

浅草吾妻橋近くの桟橋には紅白の幕が張られて結婚式にふさわしく華やいだ雰囲気が漂っていた。記帳をすませクラスメイトなど居ないかと周りを見回したが、奈緒子の知った顔はなかった。待合室に降りて柵に近づくと川の匂いがして、水の上である不安定さが伝わってくる。雨はほどなく止むのであろうか、川は一枚の平面のように鈍く光っていた。

決してきれいな川とはいえない隅田川だが、奈緒子の胸は弾んでいた。クルーザーは何処に停泊しているのだろうか、少々変わった結婚披露宴に好奇の目で見渡した。

「皆様大変お待たせいたしました。お二人は今、白髭神社で結婚式を挙げられ晴れて、夫婦となりました。左側をご覧ください」

人々は一斉に柵に集まった。奈緒子も最前列になって後ろからぐいと押された。

クルーザーの先端に白い雲のように、ふわっと見えるのは、きっと花嫁のウェディングドレスだろう。船は水面を左右にかき分けながらゆっくりと近づいてくる。真っ白いドレスはだんだん姿を明らかにして花嫁と花婿、そしてその間に、やはり白いドレスを着た小さな女の子が見える。両脇には仲人や親族の人だろうか、一団の顔がはっきりと見えるようになった。

幸子は白い手袋をはめた手を大きく振ってこぼれそうな笑顔を見せている。奈緒子も柵から乗り出すように手を振った。少し濃い目の化粧が彼女を引き立たせ、テクノスクール時代とは見違えるように美しく柔和な表情が伝わってきた。

船がすっかり桟橋に横付けされると奈緒子たちは順に乗船して自分の名前の書いてある席へ着いた。中はかなり広く、五十人程の招待者の席と、花で飾られたメインテーブルがゆったりと配置されていた。

羽織袴の若い司会者は落語家だという。流暢な話しぶりで披露宴が始まった。

奈緒子は幸子の結婚に至る経緯は一切知らないが、彼女の過去は多少知っていた。

何故離婚したのか、離婚に至るまでの苦しい胸の内を涙しながら話したことがあった。入校して三ヶ月程たったある日のこと、奈緒子は訓練生が実習で描いた図面を隣の準備室で添削していた。するとドアをノックする音がして、

「失礼します」

と、入ってきたのは鴨井幸子だった。

「教室には誰もいないのですが」

「あら、遅刻ね。今は視聴覚室でビデオを見ているから、すぐ行ってごらんなさい」

しかし、彼女はなんとなくぐずぐずしていて、何か話したそうな気配だった。

「先生、私、製図に向いてないいんじゃないかって、この頃思うんです」
二、三ヶ月経つと生徒はよくこんな疑問を投げかけてくる。
「どうしてそんな気がするの」

「私、みんなより描くのが遅いし、描いても形が浮かばないし」

奈緒子は添削中の図面の中から彼女のものを抜き出してよく見た。決してそんなことはない。そして彼女が入校当時描いた、コンパスを使って描いた円や多角形の図を出して、二枚を比べて見せた。今では線は黒々と光って入校当時のようなかすれはない。内容がわからないと言っているが、質問すると大方理解していた。習得の過程が読み取れる。

「あなたは製図に向いているようだわ」

奈緒子はそう言って彼女を励ました。

「本当ですか」

と、張りのある言葉が返ってきた。

「私、いろんなことに自信がなくて、何をやっても駄目なような気がしていたんです」

そう言って少し考えている様子だった。しかし、突然、

「先生、サラ金に追われたことありますか」

と、奈緒子をじっと見つめた。

「私は殺されるかと思いました。すごく怖い思いをして、悲しい思いもして苦しくて、苦しくて」

そう言うと彼女は両手で顔を覆って泣き出した。

奈緒子は腰を据えて彼女の話を聞こうと、窓際の椅子に彼女を誘った。奈緒子と二人きりの準備室、隣の教室は誰もいなくて幸子は心置きなく今までの苦しみを吐き出した。

三年の結婚生活で幸せな時間は半年も続かなかった。夫は酒を飲むと必ず暴力をふるって傷が絶えることがなかった。柱に飛ばされて手首にひびが入ったこともある。そして最後の一年は夫がサラ金に手を出して取り立てに追いまくられる日々だった。

「アパートのドアも壊れてしまうほど叩いて蹴飛ばして『いるのは分かっているんだ』と大声で叫ぶんです」

彼女は物音一つさせず、嵐の過ぎるのをじっと待った。

「私は何度も離婚しようと思いました。しかしお酒が抜けて正気を取り戻すと、悪かったと泣いて謝る夫に負けてしまい、何度も同じことを繰り返してしまいました」

生活は極端に苦しく彼女のパートの稼ぎでやっと食べていく状況だった。皮肉なことに

離婚を決意し、　間に人を介して話し合いがもたれることになった時、　子どものできたことを知った。

「私は本気で、サラ金の取り立ても、もう逃げ隠れしないと決心しました」

取立屋は激しく大声で怒鳴っている。彼女は意を決してドアを開けた。取立屋は一瞬驚いた表情を浮かべた。

「金を返してもらおうじゃないか」

そう言って、ドアをこじ開け中に入った。

「一銭もありません」

「ないわけないだろう。旦那は女と遊んでいる身分なんだから」

男は借用書をヒラヒラさせながら、靴を脱ぎ部屋の中へ踏み込んだ。

「妻なら亭主が作った借金を何とかしてもいいんじゃないか。おい何とか言ったらどうだ」

「何を言われても、一銭のお金もありません」

「そうかい、ないと言いながらテレビも見るし熱いお茶も飲むんだろう。ふかふかの布団にも寝るんだろう。おい、亭主は何処にいるんだ。知っているはずだ」

「知りません」

「昨日は帰ってきたのか、それとも女の所へ泊ったのかよ」

「知りません」

「知りませんじゃないよ。しぶとい奴だ。金がないなら体で返してもらってもいいんだぜ」

男はニヤリと笑って更に一歩入りこんだ。彼女の体の中を稲妻のように怒りが走った。

「今の言葉を、もう一度言ってごらん」

叩きつけるように言うと、咄嗟に通りに面した窓を開けた。薄暮の中に息をひそめて成り行きを見守っていた数人の人が、まともに目に飛び込んできた。

「今の言葉をもう一度言ってごらん。いくら借金をしているからと言って、そんなことがまかり通ると思っているんですか。テープにとるからもう一度言ってみろ。もう一度言ってみろ」

幸子は男を睨むと詰め寄った。

「もう一度言ってみろ」

ありったけの力を振り絞って叫んだ。見物人が窓に群がっているが、なりふりかまわなかった。

「おばさん、あまり力むなよ。旦那に催促に来たと必ず伝えてくれ」

男はそう言って出ていった。

「先生、あの時、私は自分が大きくなったと思いました。きっとお腹の子が応援してくれたのかもしれません」

しかし、夫はその時から帰らなくなった。彼女は身も心も傷つき、流産した。

間もなく夫の父親が離婚の用紙を持って訪ねてきた。父親がサラ金に支払った金額は四百数十万円だったそうだ。

その後一人で生きて行けるよう、技術を身に着けるためにテクノスクールへ来たのだ。


結婚式は新たな二人の出会いから始まり、今日にいたるまでのドラマが落語家の演出で巧に語られていた。新郎の子どもである幼い女の子はもじもじしながら神妙な顔で席についている。

「皆様右側の茶色のビルをご覧ください。あのビルの八階で二人は運命の巡り合いをしたのです。この隅田川を見ながら語り合い、恋が芽生えたのです」

屋上には大きな建設会社の看板がかかっていた。船は間もなく東京湾に出るところだ。

「皆様ご覧ください。花嫁さんのドレス、そしてお揃いの、小さなレディーのドレスは、新婦ご自身で縫われたものです」

彼女と小さなレディーが立ち上がると、会場がわあっと歓声に包まれた。

新郎は彼女より二つ年上だそうで優しそうな感じの人だ。彼は建築士で将来は二人で事務所を開くそうだ。

奈緒子は次々と運ばれてくる料理を堪能した。船は東京湾を大きく旋回し、速度を落した。最後に小さなレディーと新郎新婦が一人一人に花束の形をしたキャンディーをプレゼントして回った。彼女は夫に、

「テクノスクールでお世話になった村井先生です」

と、奈緒子を紹介した。

「先生、麻里子です。大切に育てますから、見守ってください」

と言った。やっと三歳になったばかり位のあどけないその子からキャンディーを受け取った。奈緒子は心をこめて言った。

「お幸せにね」

第二章　非正規の労働組合

奈緒子にとって、都区関連一般労働組合が結成されるまでの、テクノスクールの十五年間は、非常勤講師としてののびのび和気あいあいとした環境の中で過ごしていた。先輩のアドバイスのような「我慢料、涙料」の事件も時にあったが、それらを自分のこととしてとらえる目は持てなかった。

しかし、一九八九年秋のことだった。元東京都の正規職員で退職後、機械製図科の非常勤講師をしている佐々木信哉から、

「このたび都区一般、正式には都区関連一般労働組合という東京都と二十三区の自治体で働く臨時・非正規労働者の為の労働組合が結成されることになりました」と居合わせた講師たちに知らされた。

佐々木の挨拶と労働組合の簡単な説明の後、皆さんのご要望をお聞きしたいとアンケー

トが配られた。

佐々木はかつて夜間機械製図科の担任だった。正規職員の時代から、奈緒子はさんざん世話になって、機械に関連する様々なことを教えてもらっていた。奈緒子は佐々木には、格別の信頼を寄せていた。

・休暇はありますか。希望通り取得できていますか。
・通勤手当は出ていますか。
・賃金は妥当ですか。

いま働いている上で悩んでいること、望んでいることなどアンケートは、細かく枝に分かれて質問されている。自由記載欄も広く、今まで経験したことのない、まるで違った目で世の中を見つめるような気持ちにさせられ、希望が湧いてくるような思いを感じた。もう「我慢料、涙料」から解放されるのかもしれない。講師室に居合わせた人たちからも、

「ねえ、私たちの労働組合ができるということかしら」

「資料請求しましょうよ」

「みんなで加入したら力になるだろうね」

とたくさんの声が上がった。

三枝慎がいれば、きっと一緒に力になってくれただろうと思ったが、彼は数年前に他の局へ異動していた。

この非正規のための労働組合は、東京都庁の正規職員労働組合の呼びかけによるものだった。佐々木たちから様々な職場を回って、東京都や市区町村の自治体で非正規職員として働いている人たちへこのアンケートが届けられていった。

それからひと月ほど経った日、奈緒子は佐々木から、

「今度できる労働組合のオルグという人と会ってもらいたい」と電話をもらった。

「今夜はどうかね」と言う。

奈緒子は週の半分、職業訓練のない日には、藤田プレス金型製作所の図面を描いていた。佐々木の急な話ではあるが、ちょうど図面が仕上がって検図に回すところだった。

夕方、新小岩駅前の喫茶店で会うことにした。オルグという言葉は耳慣れないものだったので、行く前に辞書を引くと、オルガナイザーという組織者のことだと分かった。なんだか少し硬い気持ちになった。

喫茶店の中を見渡すと、佐々木は、やあと笑顔で手をあげた。隣に体格のいい、鋭い目をした僧侶のような感じの人がいた。四十代半ばほどに見える存在感のある人だった。

「オルグの織畠正行です」と、差し出した名刺には、東京都公務職員労働組合・組織担当オルグと肩書きがあった。

佐々木が奈緒子を紹介した。

「村井さん、組合加入ありがとうございます。今日はそのお礼と少しだけお願いがあって

来ました」

その間、佐々木は穏やかに笑っていた。

「東部テクノスクール江戸川校からは、タイプ製版科、洋裁科、機械加工科、自動車整備科、機械製図科、トレース科、公害防止科、など十数名の方が加入を希望されています。その纏め役になっていただけないでしょうか」

急な話である。奈緒子はためらいがちに織畠を見た。

「それと都区一般全体の委員長がまだ決まっていません。できれば村井さんにお願いしたいと思い、期待を持って来ました」

奈緒子は、驚くばかりだった。なんで自分に白羽の矢が立ったのか見当もつかなかった。

織畠は佐々木に「講師で誰か役員を引き受けてくれそうな人はいないかな」と聞いていたのかもしれない。奈緒子が講師同士で色々な交流をし、修了生と懇談を持っていることを知って、打診されたのかもしれない。

「私は労働組合などは、全く分かりません。組合に加入はしますが、役員は無理です」

と、断るしかなかった。すると、

「なんだ、先生話が違うじゃないか。期待していたんだ」

織畠はそう言って、佐々木にムッとした表情で鋭い目を向けた。大先輩の佐々木に対してオルグとはこんな横柄な口を利くのか。奈緒子は佐々木が気の毒に思えた。織畠はこうやって何人もの人に会って、労働組合結成に向けて強引とも思われる説得をしてきたのだろうか。

「まあ、織畠君、急な話に戸惑うのは当然のことでしょう。今日決めなくとも、もう少し時間をかけましょう」

と言って佐々木は、またにっこり笑うのだった。佐々木はいつも穏やかで荒げた声はけっして出さない。それとまるで反対の今まで接したこともないオルグという人に、奈緒子は思わず反発心が湧き上がって、

「講師の連絡係でしたらやります」

と、なぜかそう言ってしまった。

これは後に思うのだが、委員長は駄目でも分会役員を確保するという、オルグ織畠の計算だったのかもしれない。そのマジックに掛かった瞬間だったのだ。

織畠は東京都公務職員労働組合に来る前は、民間の会社で日立独占企業との争議を、十一年闘い抜き、勝利に導いた全国金属労働組合の生え抜きの闘士だったと佐々木が言った。不意に中川沿いの町工場の情景が浮かんだ。赤旗が翻り「全金」の太文字が風にはためいていた。全金とは全国金属労働組合のことなのだろう。

正規職員であった佐々木は織畠オルグとよく知り合った仲であったのかもしれない。

「村井君、よく決心してくれた」

佐々木はそう言って顔を綻ばせた。しかし奈緒子は何をすれば良いのか見当もつかず、前言を翻したい気持ちだった。

「労働組合は本部があってその下に都や区、市町村など、いくつもの支部があり、そのまた下に保育園や学童保育や色々な職種の分会があります。職業訓練校もその一つです。たった今、テクノスクールの非常勤講師分会が、発足したのです。横ならびに職業安定所分会がもう直ぐ立ち上がります。この二つの分会が一緒になって労働支部を結成します」

織畠は、一変して今度は恵比寿さんのように顔を崩して言った。奈緒子には、織畠はどこか不思議なキャラクターの人物に思えた。

歯車が一歯一歯かみ合って力を伝達してゆく。決意するしかなかった。織畠の計算どおりだったのかもしれない。


一九九〇年四月、都区関連一般労組（都区一般）は本部の結成より早く職安分会とテクノスクール非常勤講師分会で労働支部結成総会が開かれた。非常勤講師のアンケートは百人に届く回答が寄せられ組合加入は進んだ。

佐々木信哉がテクノスクール講師分会の分会長となり、北部テクノスクールの大林賢分会書記長、南部の大前紀彦会計、東部の村井奈緒子も執行委員として名を連ねた。

アンケートから溢れ出る非常勤講師の思いは奈緒子も全く同じだった。織畠や佐々木の非正規に向ける情熱が、奈緒子にも次第にじわじわと伝わってくるのだった。

鈴木俊二東京都知事に宛て「労働組合結成通知書」と「要求書」を提出した。アンケートで通勤費が欲しいと多くの講師が回答していたことから、最初に「通勤費を支給せよ」の要求を取り上げ、早速東京都労働経済局へ団体交渉を申し入れた。

その後も、区役所で働く非正規職員の支部、分会が次々と結成されていった。

組合本部である都区関連一般労働組合の結成大会が同年一九九〇年八月二十一日に行われた。労働組合の結成は様々な困難や歴史を乗り越えて苦労の末に結実するものだ。この日は東京都や二十三区、市町村で働く非正規職員にとって歴史的な一日となった。

東京都区・市町村で働く非正規公務員労働者は二万人とも三万人とも言われていた。その人たちの為の労働組合が発足したのだ。各職場から、また支援する多くの労働組合からの参加者で、意気高く都区一般の船出を祝し、会場の神楽坂エミールは百五十人もの熱気で包まれた。そして気高さまで醸し出されていた。

奈緒子もこの席にテクノスクール講師分会として参加し、その空気を胸いっぱいに満した。

「わたしたち都区関連職場で働く非正規労働者は、みずからの生活と地位の向上を目指し、みんなが団結して闘える、みずからの労働組合を、みずからの職場に作ろうと、奮闘してきました。実に多くの要求が寄せられました。格差の是正、雇用不安の解消、賃金、労働条件の大幅改善を求めてゆきます」

と、大会宣言が響き渡り、奈緒子は改めて「我慢料、涙料」を乗り越えて、さらにもっと高い峰へ向かうのだと気づかされた。

「私たちも労働者だ、公務で働く同じ人間だ」

自分たちの峰を目指して、みんなで歩んでゆきたい。不平等を許してはいけないと、胸熱く感動に浸った。

四支部百五十七人での船出だった。

織畠はこの日のために何度マジックを使ったのだろうか。実に嬉しそうだった。初対面で感じた、横柄な人という印象は、この頃には力強い指導者の風貌に見えてきた。

中央執行委員長には江東支部区役所売店職員の丹治春美、書記長に織畠正行、会計に都区生協の柴田美智子という三役に、女性の活躍が読み取れた。

丹治春美は委員長として堂々と、しかも母親のような優しさを兼ね備えた人だと気付かされた。挨拶の中で、

「私たち非正規は、いつも自分のことを後回しにしていませんか。これからはもっと自分を語りましょう。アイ・アムで生きよう」と挨拶した。

なるほど、アイ・アムで生きる。それは本当だ。ノーと言えることがいかに大切か、そ

れは「我慢料、涙料」とは逆の側の言葉ではないかと、その時はっと気づかされる思いだった。

「丹治委員長さん、労働支部テクノスクール分会の村井奈緒子です。どうぞよろしくお願いいたします」奈緒子は初代委員長に挨拶した。

「アイ・アムで生きようは、感動的な言葉ですね」

「そうですよね。非正規はいつも気を使って働いてきましたからね。織畠さんにその言葉で説得されたのですよ」と笑って話した。

奈緒子は自分もついに歴史を動かす歯車の一歯として労働組合員となって歩き出したことを感じた。

一九九〇年都区一般発足当時、都庁舎は有楽町にあった。都庁の一隅、東京都公務職員労働組合の中に机を置き、専従は書記長の織畠正行と書記の武藤和子の二人で、都区一般は活動を開始した。

正規組合の呼びかけで、その支援なしにはできないことだった。なぜなら仕事場では「正規公務員以外の労働組合を作る」などまるで問題外とされ、労働運動界は公務員の正規中心主義の聖地だった。

都区一般の支部、分会の結成は続く。東京歴史博物館、都立美術館、文化芸術会館、税務事務所などの職場から続々と支部が立ちあがり、東京都の関連職場で働く非正規職員の加盟で膨れ上っていった。みんな公務公共サービスの最前線で働く仲間たちだ。しかし賃金は公務員の三分の一から四分の一。一時金も退職金もなく、そのうえ一年雇用の不安定な身分だ。これを変えてゆこうという希望が組合全体に漲っていた。

仕事が終わった夜、三々五々に組合員たちが有楽町の一隅に集まってくる。要求実現・雇止め阻止・通勤費支給等など、非正規たちの切実な要求が積みあがってゆく。

都区一般結成の翌年、中央テクノスクール牛込校「ミシン縫製科」が再編整備計画のため、廃止されることになった。そこで働く五人の非常勤講師は雇用を全員更新しないと校長より言い渡されていた。しかも新たに「服飾ソーイング科」が新設されるというのだ。

「私たち講師は新設科でも十分対応できます。なぜ更新しないのでしょうか」

と、藁をもつかむ思いで都区一般に相談が寄せられた。早速講師分会として労働経済局に団体交渉を申し入れた。

団交には本部織畠書記長、佐々木分会長はじめ分会書記長、会計、執行委員の奈緒子も出席した。

要求書は「廃止されるミシン縫製科の全講師を新設科に継続雇用すること」の一点のみだった。

「経験豊かな、このような人材を使い捨てにすることは承服できません。東京都にとってもかけがえの無い人材なはずです」

と奈緒子も自分自身の思いとも重ねて発言した。

局の調整課長は直ちに受話器を手に取って牛込校と連絡をとり、校長の理解を促した。そしてその場で新設科の服飾ソーイング科へ全員が更新できることになった。ピラミッドのてっぺんにある局の一声の力を見せつけられた。

この時の講師たちの迫力ある団結が、局幹部を圧倒していた。組合はそこまで計算に入れて団交に臨んでいたのだ。何年も継続して働いてきた非常勤講師を簡単に雇い止めにすることはできないのだ。牛込校は雇い止め回避のために、どんな努力をしたのか、組合側も追及材料を持って臨んだのだが、それを使うまでもなかった。牛込校の現場で講師たち個人がどんなに叫んでも、頑として動かず、少しの進展もなかったが、この団交で大岩が動いた。労働組合として労働経済局に牛込校を指導するよう申し入れたことが、校長を動かしたのだ。非常勤講師の喜びはひとしおであった。アパレル分野の多様なニーズに対応できるよう自分たちも励んでゆくと嬉しさを語った。貴重な成果だった。

結成二年後の一九九二年十一月より、非常勤講師の切なる願いであった通勤費が支給されることになった。労働経済局に組合結成通知と同時に要求書を提出していたが、要求の筆頭は何といっても通勤費の支給だった。非常勤講師たちは即座に署名活動を開始し、署名簿を持ち歩いて、メーデーや集会などあらゆる機会を捉え署名を集めた。

それから二年、テクノスクールの講師だけではなく、東京都のすべての非常勤職員に通勤費が支払われることになった。これは東京都公務職員労働組合の力と非常勤職員の思いが一つになって成し遂げた成果であった。

この時期講師分会員は百名を超え、都区一般は間もなく一千名の組織になろうとしていた。

奈緒子は次々と組合の偉大さを実感するできごとに遭遇していった。公費による健康診断や一時金の実現も夢ではないと、講師たちみんなの中に希望が盛り上がっていった。

帰りがけに佐々木が、

「村井君、この新聞読んでいるかい」

と言って、「赤旗」日曜版を差し出した。

「いえ、読んでいませんが」

「じゃ、是非読んでご覧、組合活動の上でも役に立つと思うよ」

奈緒子は佐々木の勧めに、その場で購読を承知した。

交通費支給を勝ち取り労働組合の力を改めて感じる一方で、都区一般を正規職員組合の中に組織し一緒にしてはどうかという話が、正規職員組合の中から出されていた。都区一般は当時十三万人を組織する正規職員組合に財政的には支えられていた。

しかし織畠はあえてそれを受け入れなかった。根底には「ナショナルセンター分裂・統合」の問題の中で全労連と連合、自治労連と自治労という大きな対立があり、都区一般はそれを超える更に大きな団結体として存在するべきだと考える、遠大な目標があった。だが、しかし都区一般は財政的にまだ専従を置き、独立できるほどの状況にはなかった。将来を見据え「正規と非正規では自ずから要求が違う。十三万人の中に組み込む併合論では、やがて苦しむ時が来るだろう」と織畠は言った。

当局は非正規の賃金や待遇は今のままで、安上がりに使いたいのだ。いつか非正規が職場の半数以上を占めるようになるだろう。その時には正規が非正規の立場で運動ができるかどうか。そう考えた時、それはおそらく無理だろうと躊躇わずに論じた。非正規自らが声を挙げ自らの待遇を改善させなくてはならないのだ。その上での共同闘争の追求が現実的だと主張した。

出発点では大変世話になったが、いつまでも財政的に面倒を見てもらっている立場では、非正規の運動は発展しないと織畠は主張した。

非正規労働組合として組合員を増やし財政的に安定させてゆくことを決意し実行していった。専従の給料が払えない苦しさは書記の武藤和子にはさせられない。すべて織畠に伸しかかる結果となった。この窮乏生活に織畠はあえて踏み込み乗り切っていった。

織畠にも家族がある。子供たちの教育もこれからだという時に、なんという決断をしたものか。

「妻も働いていますから」と、織畠は笑って言った。

都区一般本部事務所は、都庁の公務職員労働組合事務所を離れて、新宿区内の東京土建会館にある東京地評の元へ引越した。机二つ、電話一本を引いて、会議の時は土建会館の会議室を使わせてもらった。

台所も使える。仕事を終えて何も食べずに集まってくる組合員たちに、武藤たちは簡単な食事を用意することができた。

これがその後の組合活動に「食の文化」として、重要な意味を帯びていったのだ。食べること、これは団結の要である。

「この組合は良く食べる組合だね」と言われるほど、同じ釜の飯を食べ、語らい、歌を歌った。

中央執行委員会は月二回行われる。ある時奈緒子は少し早めに行って、何か手伝おうと思った。

武藤はそうめんを茹でていた。

「あら、ありがとう。これでおしまいよ。葱も刻んだし。じゃ会議室に運んでもらおうかしら」

奈緒子は食器や割りばしを用意し、蕎麦猪口がわりに湯飲みを人数分揃えた。

このように夕食を共にすることで、組合員同士の結びつきがより深くなってゆく。

奈緒子は夜の会議の時は家の夕食を用意して来た。

「カレーの匂いがする時は、お母さんが居ない」と息子の博は言った。

「僕たち、このカレーを留守ガレーって言っているんだよ」

奈緒子は父と息子でそんな会話がなされていることも知らず、せっせとカレーを作り続けていたのだ。

しかし、組合員の大方は主婦で、組合活動に出かける妻を夫が理解できずに困らせていた。

「こんなこと誰にも言えないわよ」

と、夫婦のすれ違う心の中を語る女性組合員もいた。

「妻のロマン、夫のガマン」

織畠は言葉遊びをする。

「逆よ、妻のガマンよ」

「そうだね。いつかきっと、夫婦のロマンになるよ」

組合活動は、女性たちの目覚めが特に素晴らしかった。

中央執行委員会の終わった後に、丹治委員長が、織畠書記長の給料欠配の状況に、少しでも私たちの気持ちを届けようと「織畠書記長の生活カンパ」と書いた紙袋を手に訴えた。非正規の乏しい財布からみんなが出し合った。

「あ、村井さん、ちょうどよかった」

と、帰りがけに織畠から声をかけられた。

「この新聞読んでみないか」

それは共産党の「赤旗」日曜版だった。

「あら、これなら読んでいるわ」

佐々木信哉から勧められたことを伝えた。

「佐々木さんか。それなら話が早い。じゃ毎日読める日刊紙はどう」と、なおも聞いてくる。

「日刊紙なんて、とても無理です。毎日こんなに忙しくて、実家の母の介護もあるし、金型の図面も断っているくらいなんです」

すると織畠は何日か分の日刊紙をどっさりと置いて、

「じゃ、考えておいて」と譲らない。

都庁を出て独立する英断をした織畠の「励ます会」が東京東部文化センターで持たれ

た。東京都公務職員労働組合の正規職員も多数参加した。

「公務の職場で、元気のいい赤ん坊組合が生まれたんですね。この赤ん坊はどの様に育ってゆくのか楽しみです。親の援助はいらないって強気なんですよ。非正規という底辺からの声は、日本の将来に大切なエネルギーの源となることでしょう」

「織畠さんの日立との闘いは、公務という畑に飛び火しました。闘いの経験は偉大です」

励ます会は織畠の苦労を讃えるたくさんの人からの話で盛り上がった。

織畠は挨拶の中で、

「セパの団結、つまり正規とパートの団結のことだが、正規は請け負わず支援に徹する。パートは頼らず自立してゆく。これがこれから何よりも大切だ。セパの団結を合言葉にみんなで頑張っていきましょう」と話した。

「セパの団結」、野球じゃあるまいし、織畠は何と面白い言葉を生み出すのだろうと奈緒子は頷いた。

そしてこの言葉が後々まで奈緒子たち非正規の行く手を明るく照らした。非正規は、ついつい物知り正規公務員の知識や行いに頼りがちだったが、この言葉は自分で考え自分で行動することを自覚させ、組合員の合言葉となっていった。

早く組合員を二千人にして財政を確立しようと、誓い合った。

「織畠さん、ピアノを弾いてくれよ」何処からか声がかかった。

「もう何年も弾いていないから」

と、織畠はもじもじしながらも、会場の隅に置かれていたグランドピアノの蓋を開けた。

みんなが見守る中で「乙女の祈り」が演奏された。奈緒子も音楽が大好きだったが、労働組合の世界でピアノが鳴り響くとは、とても意外なことに思えた。

織畠の演奏は滑らかで、素敵だった。幼いころから練習を重ねてきたのだろう。

織畠の中には「金持ち」と「貧乏人」が、うまく同居しているかのように、貧乏を苦ともせず平気でいられる、この大胆さが人を惹き付けて止まないのだ。それは時にはマジックにかかったように思える。

この励ます会を境に組合員も急速に増え、織畠の給料も何とか確保できるようになっていった。


「先生に相談したいことがあります」

稲田早苗は緊張した面持ちでそう言った。

掃除が終わって、みんなが帰った後、二人だけの教室で、彼女は話し出した。

「テクノスクールに来る前の会社で知り合った彼氏と付き合っていて、結婚を申し込まれたんです。私は彼みたいな優しい人はいないと思って婚約しました。そしたら、彼は自分が入っている信仰に是非入ってほしいって言うんです。宗教をやっているなんてぜんぜん知らなかったんですが、すぐに返事は言えませんでした。少し考えさせてほしいって言いました」

稲田は次の言葉を探すかのように奈緒子を見た。奈緒子は自分には解決できそうにない、大きな問題だなと感じた。

「親には結婚したい人がいるというところまでは話したんですけど、私の母はクリスチャンで時々教会に行っています。彼の宗教は仏教なんです。新興宗教かもしれません。一回だけお寺に行ったことがあります。すごい熱気で南無妙法蓮華経、南無妙法蓮華経って唱えるんです。何かに取り憑かれたみたいに見えました。今は本当に迷っています。先生にこんな話を持ち掛けてしまって申し訳ありませんが、先生ならきっと分かってもらえるかと思って」

奈緒子は何といって良いやら迷った。

逆なことは何度もあった。生徒から熱心に宗教を誘われた。その時は、自分は宗教を持たないと考えていること。齢を取って考えが変わることもあるかも知れないけど、今はそうやって生きていると、相手に期待を持たせないように、はっきり言うことにしていた。

しかし今回は、さてどうしたものかと思案した。

「私には答えを出すことは、とてもできないと思うけど、結婚することと、宗教に入るかどうかは別の問題だと思うの。でもそうは言っても心に引きずる問題よね」

「私はクリスチャンじゃないけど、なんとなく結婚式は教会で挙げたいと前から心に描いていたように思います」

「そう、夢だったのね」

「でも、彼はお寺でやりたいみたいです」

「式を挙げることは、その宗教に入ることになるのかしら」

「そうみたいです」

「信教の自由は、憲法で保障されている権利ですものね。たとえ夫婦の関係でも強制することはできないわよね。だからこの際、自分は宗教についてどう思い、どう考えて生きてゆくのか、しっかり考えてみる良い機会かもしれないわね」

と、偉そうなことを言ってしまった。多少自分を恥じたのだが、

「先生は、宗教について考えたことありましたか」と、突っ込まれた。

「あるわ、私も悩んだことがあったわ」

奈緒子は長くなるが自分のことを話してみようかと思った。稲田は「聞かせて下さい」と身を乗り出して言った。

「私が小学四年生の時、稲田さんのお話に出てくるようなお寺へ母に連れられて行ったことがあったわ。父が病気でね、近所の人がこの宗教に入れば必ず治るって、母を熱心に説

得して、母がまず入信したの。床の間に大きな仏壇が入って曼荼羅のご本尊に、母は朝晩お経をあげていたわ。真夜中にやることもあった。ちょうど私たち姉妹の寝ている部屋で『どうか夫を助けて下さい』って必死で頼んでいたわ。それでも良くなることなんかないわよね。そしてそれは子供たちも全員入らないと治らないと言われて、かなりしつこく誘われたわ。姉たちはみんな入らなかった。まだ子供だった末っ子の私だけが、言われるままにお寺に行ったの」

当時が蘇ってきた。しっかり者の母が何であんなに迷ったのか、人生にはそういう場面もあるのかも知れない。

「広い本堂の座敷でたくさんの信者に囲まれて、一番前の列に座らされて、南無妙法蓮華経、南無妙法蓮華経というお経が鳴り響く中で、お坊さんが恭しく巻物のような棒を私の頭にのせて、『信じ奉《たてまつ》るや否や』と言ったの。そうすると本堂の全員が声をそえて『信じ奉るべし』と言ったの。それがその宗教に入信したことだったのね」

「同じだわ。私が見たお寺の風景とそっくりだわ」

稲田はそう言って奈緒子をじっと見つめた。

「それでも私は父が早く元気になってほしくて、母と一緒に朝晩お経をあげたのよ。とっても素直な子だったのよね」

稲田は、本当ですかとでも言うように顔を傾げて笑った。

奈緒子は子供だったあの時代を今、ありありと思い出した。

「私の兄はね、『まだ自分で判断することもできない子供に、なんてことするんだ』って、母にくってかかって、怒っていたわ」

「そんなことがあったんですか」

「そうなの、でも父は私が中学の時、五十代で亡くなったわ。私はだんだん宗教って何だろうと考えるようになって、宗教で病気は治らない。自分は宗教を通して世の中のことを捉えるのではなく、もっと直にありのままを見る目を持ちたいと思うようになったの。そしてこの宗教を辞めようと決心したの」

母の嘆きが蘇ってきた。

「だけど宗教を辞めることは、入るよりもっと大変だった。まず、母の落胆が大きくて、そのことに引きずられたわ。それともう一つ仲良しの友達もいたのよ。『もう、絶交するの？』って泣きながら聞かれて、今まで通り友達でいることはできないのだと思ったわ。それも苦しかったわね。辞めるまで長い時間がかかったわ」

あの時、中学の社会科の先生に世話になったのだ。自分一人の力で宗教に決別できた訳ではない。その先生は自分の考えを押し付けず奈緒子の育つ力を引き出すように、丁寧に話を聞いてくれた。

奈緒子は改めて、悩み多かったあの時期を思い出す。父が亡くなって貧乏が長く続いていた。母と質屋に行ったり、知り合いの家にお金を借りに行ったり、子供が一緒だと借りられることが多かったのかもしれない。母は子供をダシに使いながら、自分でもどんなに辛かったことだろう。どうして家は貧乏なんだろうと、そんな思いが渦巻いていた。

「貧乏はあんたのせいではない。家のせいでもない。どうして貧乏なんだろうって気が付いた奈緒子のこと、先生は偉いと思うよ」と言ってくれた。

「何故貧困が生まれるのか、それは社会の仕組みに目を向けなくてはならない。これから先しっかり目を開いて、そのことを追求していってほしい」

奈緒子はあの社会科の先生が言ったことを今ありありと思い出していた。

「お母さんとはどうなったの」

稲田が続きを聞きたいようだった。

「私は宗教は辞めたけど母は続けていた。でも親子は親子よ。その心まで失うことはなかったわ。お互いに通じ合うわ」

奈緒子のこんな話でも、何かをつかもうとじっと聞き入っていた稲田は、そこで少し微笑んだ。

「宗教で病気は治らないかもしれないけれど、心の安らぎというか、癒しというか、それは与えられるかもしれないわね。痛み止めみたいに。でもそれが本当の治療ではないものね」

父が死ななかったとしても奈緒子はいずれ宗教から離れただろうと思う。

「稲田さん、あなたの相談に適切なこと言ってあげられなくて、ごめんね。どう生きるかは、いまでも私の中で模索中なのよね」

本当はこの先を語らなくてはいけないと思ったが、うまく話せなかった。

「いえ先生、ありがとうございました。考えてみます」

「私ね、今でもあのお経を、諳《そら》んじられるのよ。習慣って怖ろしいわね」

稲田の相談に応えられず、みっともない自分をさらけ出してしまった。「貧乏はあんたのせいではない」と言ってくれた先生にも顔向けできないではないかと奈緒子は恥じた。

「心の問題は、いつも迷いながら自分の真ん中に居座っている感じがする。稲田さんの相談に少しも応えられなかったけど、話してくれたことありがとう。また色々なこと話しましょうね」

「教室締めるよ」と担任から声がかかった。

「はーい」二人は立ち上がった。

「先生、また相談に来て良いですか。先生に話せたことで、私も色んなこと考えてみようと思いました」

「こちらこそ、また話しましょうね」

その晩、奈緒子はなかなか眠れなかった。

「貧乏はあんたのせいではない」と言った先生のこの言葉が頭の中でぐるぐる回っているのだ。奈緒子はその答えを出せないまま、こんなに長い時間を過ごしてしまったことを改めて考えた。

「村井さん、君もずいぶん逞しくなってきたと思う。だが、私はもう一つ飛躍をしてほしいと思っているんだ」

とある日、織畠は神妙な顔つきで言った。

「こんなに頑張っているのに」

奈緒子が聞き返すと、

「そうだよね。実は僕は共産党員だから、こうして頑張れるんだな。是非君も共産党へ入ってもらいたいと思っているんだ」

何となくそう言われるのではないかと思ったが、奈緒子が黙ってしまうと、

「頑張っている人はみんな共産党に入っているよ。みんなと仲間になることの方が、気持ちが楽になるよ。本当だよ。アイ・アムで生きる。その為の羅針盤みたいなものだよ」

奈緒子は答えに窮した。

「頑張っている人は、みんな共産党なんですか」率直に聞いてみた。

「全部ではないさ。でもしっかりと見ていてご覧。仲間の為に闘う、もっと広く人々に向

けられた愛なんだって感じると思うよ」

そうかもしれない。でも奈緒子にはまだ距離を感じてしまうのだった。

「小林多喜二を知ってるかい。残虐な戦争に反対し、命を大切にするがために、命をなげうって闘った途轍もないパラドックス。いずれまたゆっくり話そう。今度じっくり聞いてもらうよ」

そう言って話を切り上げた。そうなのかもしれない。しかし自分は何かにこだわっているのではないかと奈緒子は感じていた。

共産党もどこか、宗教に似たところをもっているのではないか。これはまったく誤解と偏見に満ちた奈緒子自身の思い込みであると自覚するのだが、子供の頃、母に連れていかれたあの宗教のお寺の場面が何かのきっかけに首をもたげることがあった。

自分が言われるままに、何も考えずに入ってしまった新興宗教。父の病気はこれで直ると信じた、その浅はかな自分をぞっとする思いで振り返る。

生きてゆく上で、良いと思うことはどんなことでも自分はやるだろうと奈緒子は思う。しかし、労働組合までは良いとしても、政党に入るとなると考えてしまう臆病な自分が居る。どこかの政党へ所属することはどうしてもイヤだった。この思いをいつか断ち切ることができるのだろうか。

織畠から共産党に入るように勧められたが、貧困に真正面に向きあっているのは共産党なのかもしれない。

「貧困を自己責任と思っては本当の原因が見えなくなる」と織畠は言った。

何故避けて通ってきたのか。こんなに頑張って組合活動をしているつもりでも、中途半端な自分が織畠には全部見えているのかもしれない。

テクノスクールを訪れる人たちは、解雇されたり様々な事情で次の職を求めスキルを学びに来る。職がないと貧困に直結する。その不条理と向かい合い、そこから抜け出そうと頑張っている人たちではないか。自分が非常勤講師として何をしてきたのだ。

偉そうに、恥ずかしいではないか。稲田からの相談は自分自身への根本的な問いかけであったのだと、奈緒子は改めて思う。

稲田は信仰の問題に結論の出ないまま修了していったが、翌年の年賀状で、彼とは縁がありませんでしたと、知らせてきた。


老朽化した江戸川校が建て替えられることになった。その間、江戸川区船堀にプレハブの校舎が建てられ、一九九三年度から各科の授業はこの仮校舎で行われていた。

しかし旧校舎の取り壊しが完了し、土地が平坦に均されたところで、工事がストップした。都財政の悪化が理由だった。広い敷地は背丈を超えるほどの草が生い茂っていた。

臨海部開発を優先した大企業本位の運営で財政を注ぎ込み過ぎたことに原因がある。都民の生活に密着した民生事業や施設の拡充策を圧縮し、そのツケを都民に転嫁させるなど、到底許されることではない。

都議会あてに「都立テクノスクール江戸川校建て替え工事の早期完成を求める請願署名」を開始した。

都議会各会派を回り協力を要請した。その中で共産党の小竹ひろこ都議会議員はじめ、共産党の協力は温かいものだった。都民の為にも職業訓練は必要だという立場から、議会で質問に立ち追及した。運動の力によって都議会は請願を採択し知事を動かして、工事が再開された。

その間、組合本部事務所は長らく世話になった新宿土建会館を後に、大塚の東京労働会館の竣工と共に本部事務所を移し、少し広いスペースを確保した。名称も都区という自治体内から公務広域職域へと、網羅する分野を広げ、東京公務公共一般労働組合（公共一般）と改称した。オルグも十人に強化された。

この会館には東京地評や民主医療の会、自治体問題研究所、原水爆禁止協議会など民主団体がテナントとして次々に入ってきた。首都の民主運動の拠点の一つとなっていったのである。


仮校舎移転から五年、江戸川校は様々な設備を整え完成した。奈緒子たちの運動が結実した。

一九九八年の開校に向けて、講師の雇用を守る闘いが始まった。まだ組合加入をしていない講師一人一人に呼び掛けて、江戸川校仮校舎の非常勤講師全員が組合員となった。学校との団体交渉を重ね、その結果として、全講師の雇用を勝ち取った。

洋裁科は「アパレル科」として臨海部に新設されるテクノスクール有明校へ雇用継続した。タイプ製版科は「ワープロ製版科」へ、トレース科は、「CAD製図科」へ引き継がれる。

CADとはComputer-Aided Designの頭文字をとってキャドと呼ばれ、コンピューターに支援されたデザイン、設計、製図等のシステムである。今までの手書きからパソコンを使うことによって飛躍的に便利になったシステムだ。そのCADを扱う科として新校舎で新たなスタートをすることになった。

「藤田プレス金型製作所」でもCADが導入され、奈緒子が業者の説明会で概要の講習を受けてきた。

奈緒子たちCAD製図科の講師たちは公共一般の事務所のパソコンを借りて自分たちでCADの講習会を開いて勉強した。

設計製図の知識をそのまま活かし、手描き図面からパソコン画面上に描いてゆくCADへ、みんな難なく操作を理解していった。

新校舎は外観も立派で目を見張った。四階のＣＡＤ室にはずらりとパソコンが並び、教室が二クラス、製図台が並んでいる。座学はここで行う。男女の更衣室、倉庫と講師控室と、それぞれがゆったりと配置されていた。

講師控室は科ごとに設けられ、以前のように全科の講師が一堂に会すことがなくなった。これによって講師同士の交流が狭められたことも事実だ。それを乗り越える密な連絡が求められる。新たにＣＡＤ専門の講師が二人加わった。アニメーションを担当する年配の萩本毅と建築担当の片桐芳江。この二人にも非常勤講師の労働組合があることを知らせ是非加入してほしいと伝えた。

他校では春休み中に雇止めを言い渡された講師の雇用を守る闘いや、削減された授業時間を回復する闘いなど、局交渉を盛んに行った。一年雇用の不安定な身分の講師は、団結することでしか雇用を守る術がないことを知っていくこととなった。

しかし、東京都は公共一般の凄まじい活躍を恐れ、その後ますます厳しい闘いが続いていった。

一九九八年の大会は、組合員は二千を超え二十四支部百十七分会で迎えた。

同じころ映画「学校３」が全国上映された。職業訓練を取り上げた田山洋三監督の映画で、テクノスクール亀戸校が舞台となって撮影された。奈緒子は封切りを心待ちに見に行った。

奈緒子たちテクノスクールの非常勤講師が毎日接する、生徒たちを取り巻く状況が見事に再現されていて、涙を流し笑いをも巻き込んで深く感動した。

テクノスクールは多い時では都内二十数校を数えていたが、度重なる統廃合で、この時期十八校になっていた。さらにそれに加えて、東京都は新宿校・中野校・牛込校の三校の廃校を打ち出した。

不況の嵐が吹き荒れる中、なお一層の公共職業訓練の充実と定員増が求められている今、「テクノスクールを守る会」準備会を立ち上げ、組合として反対運動に立ち上がっていった。

都知事と都議会議長あてに要請行動を行った。「私たちはテクノスクールの存続・拡充を求めます」の署名と要請葉書の束を東京都と都議会に手渡した。要請葉書は、在校生、修了生、家族、大学教授などからも、切々と胸打つ内容が記されていた。

「夜間訓練に通っています。働きながら学ぶ人たちの夜間科目を廃止しないでください」

「失業率が高い今だからこそ職業訓練が必要です。テクノスクールを廃止しないでくださ い」

「何度も応募したけれど入れない。テクノスクールの定員をもっと増やしてください」

等など、これらの切実な声は、奈緒子たちの運動を支える力となった。

都議会各派への要請にも回った。新宿校・中野校・牛込校は交通の便が良く、地場産業に密着し入校希望者が多い。しかも東京都自前の土地で賃料はかからない利点がある。廃止計画は中止するよう、またお茶の水校の臨海副都心部への移転は、交通の不便さに加え高い家賃がかかるので移転計画を中止するよう訴えた。共産党都議団からは曽根はじめ・小竹ひろこ両都議が対応し、激励された。

そんな時期の「学校3」の上映だった。「テクノスクールを守る会」は十二月に、原正敏東大名誉教授を会長に正式発足を目指し、同時に都民集会を大きく開くことを考えていた。

「子どもの教育・文化を守る国民会議」の二上満氏から「『学校3』の舞台ともなり、今のリストラ時代に命綱としても求められているテクノスクールを減らすなど、反都民的暴挙です。

私も中卒の子どもを何人も入学させたこともあり、身近な存在の教育訓練機関です。統廃合を辞めさせる、皆さんの取り組みのご成功を祈ります」

とコメントをもらっていた。

「学校3」の田山洋三監督からもコメントをもらえたらどんなに素晴らしいだろう。奈緒子は一晩考えて、監督に直に手紙を書いた。

「私は東京公務公共一般労働組合の村井奈緒子と申します。都立テクノスクール江戸川校で非常勤講師をしております。青島都政の元にあってテクノスクールは都財政悪化を理由に統廃合が進められ存続の危機に立たされています。

授業料も教材費もかからない公共のテクノスクールは、中学卒業の方から六十、七十歳代の方まで、様々に利用され、働く力を身に付けて社会に出て行かれます。厳しい不況の今ほどテクノスクールが必要とされている時期はありません。

この度の『学校３』でもそのことがリアルに描かれていて、感動で胸がいっぱいになりました。この映画を多くの方に見ていただきたいと思います。……」

奈緒子は新宿校・中野校・牛込校が今、廃校の憂き目にあっていること、「テクノスクールを守る会」に是非ともコメントを寄せていただきたいとお願いした。

十二月十一日「テクノスクールを守る会」正式発足と都民集会が文京区民センターで行われた。会場いっぱいの参加者。えんぴつクラブからも複数の参加者があり、マスコミ二社が取材に入るなど盛況な集まりだった。

参加者からは、

「『学校３』を見て昔を思い出しました。私の入った頃、入校式は東京都体育館で行われ、東京都全体のテクノスクールが一緒の入校式でした。とても和やかな雰囲気で、ここで学んだ技術が今でも役に立っています。廃校はとんでもありません」

「二十年前にテクノスクールで製図を学びました。今は小さな会社を経営しています。テクノスクールがあったから、今の自分があると思っています。私の所で働いてくれる人を求める時は、テクノスクールを卒業し技術を身に付けた人に来てもらっています。テクノスクールは大切な学びの場です。無くさないで下さい」

「財政難と言いながら、莫大なお金のかかる臨海部への移転は納得できません。怒りを感じます」

など、熱い思いが語られた。監督からのコメントはもらえなかったが、この映画は、たくさんの人に感動を与えた。

しかし、東京都は翌年の新宿校・牛込校の生徒募集を中止し、二校を廃校にした。

しかし、中野校の廃校は二年延期された。これは今後の運動に引き継がれる布石となるだろう。ささやかではあるが運動の成果だった。

テレビでも廃校問題を取り上げて現地取材がされるほど注目された。

全国の公務員組合は非正規労働組合を東京の都区一般にならって、自治体一般の名称を用いていたが、都区一般が公共一般と改称したことに合わせ、地方も〇〇公共一般と名称変更がなされていった。東京の闘いはいつも牽引車のごとく全国の手本となり影響を与えていった。東京都当局はいよいよこの組合に警戒のシフトを強めていった。

第三章　能力確認試験

一級建築士の亀谷裕子が一枚のビラを持って公共一般の事務所を訪れたのは、二〇〇〇年の一月だった。ビラは前年の秋の技能祭で公共一般の組合員により配られたものだった。

テクノスクールでは年に一度「技能祭」と呼ばれる文化行事がある。訓練生の作品が展示され、様々な訓練の体験もできる楽しい催しだ。キーホルダー作りで機械加工を体験する、洋裁科で小物入れを作る、バザーも行われる。そしてこれからの自分の職業について考える良い機会となる。地域の自治会などの売店が出て食事も用意され一日楽しめる祭りだ。人出が多く訓練生、非常勤講師ともども主催者として奮闘する。その日の早朝、みんなが準備のため早出をしてくるところに狙いを定め、公共一般の存在を知らせるビラを校門前で配った。

「テクノスクールで働く非常勤講師のみなさま、訓練生のみなさま、困っていることはありませんか」と、声をかけながら手渡す。

公共一般の本部・支部・分会総出で都内全てのテクノスクールへ赴く。いつか芽を出すだろう種まきをするのである。

亀谷裕子は武蔵野テクノスクール身体障害者校の建築科非常勤講師をしていた。オルグの織畠から連絡を受け、奈緒子も一緒に亀谷の話を聞いた。建築科は四人の非常勤講師で担当していた。女性は亀谷一人。講師たちは一年契約という不安定な身分のせいもあって、担任にはしきりと気を使う。昼は弁当をとりながら、色々な話をし、情報交換をしているという。亀谷も初めはそうしていた。しかし、情報交換と言っても結局、担任の機嫌をとることが慣わしのようになってしまっていたので、亀谷は近頃昼休みには外に出て食事をすることが多かった。

つい先頃、担任が知り合いの者を講師に迎えるということで、昼に居合わせた二人の講師に、契約時間を月十時間程減らしてほしいと頼んだそうだ。突然のことでその講師たちは「結構です」と言ってしまったという。

「それは給料が減らされることを承知したことになるのですよね。私にも言われると思いました」

しかし、課長に呼ばれた亀谷は、

「担任から亀谷先生はコミュニケーションがよくないと言われているのですが、もっと協力的になっていただけないでしょうかね」

と、いきなり言われたという。

「どういうことなのでしょうか」と聞くと、

「よく考えてごらんなさい、思い当たることがあるはずですよ」と課長は言った。

人付き合いが悪いとか、昼休みを共に過ごさないことを指して、コミュニケーションが悪いと言いたいのかもしれない。

「仕事上のコミュニケーションは、きちんととっているつもりです」

「そうでしょうかねえ。先生は教科書を使わないそうじゃありませんか」

教科書とコミュニケーションと、どんな関係があるのかと思った。

「自分の資料をコピーして使っているそうですね」

「授業は教科書に沿ってやっています。それを補うためコピーを使うときは担任の許可を得ています」

「それが独りよがりなんですよ。担任はほとほと困っているようですよ」

課長は椅子に深く座り直すと声を高めて、

「ところで、来年度の出講時間数を九十時間でお願いしたい。今度採用した先生はＣＡＤができますから、そこに時間を増やしますので」

九十時間に削減とは、桁違いの数字だった。

「九十時間、削減するということですか」

「いや、九十時間にしていただきたい」

もともと四百時間であるところを九十時間にするというのだ。

亀谷はＣＡＤをやれるものと思い込んでいた。自宅の設計事務所でもＣＡＤを導入している。スムーズに移行してゆける自信があった。

亀谷はこれまでのいきさつをていねいに語った。

「私は、何かあった時にはここへ来ようと、技能祭でもらった、このチラシを大事にとっておきました」

見れば角がすり減って、きっと何度も読み返し、大切に持ち歩いていたのだろう。

奈緒子は亀谷の訴えが手に取るように伝わってきた。

「亀谷さん、担任にはいじめられたというか、他にも差別のような扱いをされたことはありますか」と質問した。

「はい、自宅で設計事務所をやっていますから、他の講師より時間的に融通がつけやすく思われているのか、出講日を変えてほしいなど、よく言われました。でも、一番担任が嫌がったのは生徒とのことだと思います」

「それはどういうことでしょうか」

織畠が聞いた。

「遅刻や欠席の多い一人の生徒が担任から卒業させないと脅され、困っている時に助けてやりました。生徒はみな何らかの障害があります。またそれぞれの背景にたくさんの困難も抱えています。そこに寄り添うのは、障害者校の講師として当然のことだと思っています。放課後、授業の遅れを補いました。それで担任から『講師の身分でそのようなことはしないで下さい』と注意されました。私はその生徒を何とか修了まで支えて就職させてやりたかったのです」

ああ、どこでも同じだ。出る杭は打たれるのだ。奈緒子は、ここでも涙料・我慢料が幅を利かせていると思った。これは一人では闘えない。

「亀谷さん、ぜひ公共一般労働組合に加入して、組合員として、テクノスクールと団体交渉をしましょう」

と、勧めた。

「私もそのつもりで来ました」

と亀谷は、やっと笑顔を見せた。

「公共一般結成以来、多くの非正規労働者の雇用を守ってきましたよ。一緒に頑張りましょう」と、織畠も励ました。

早速要求書を作成し、テクノスクール武蔵野障害者校校長あてに送った。

「当組合員、亀谷裕子の来年度の出講時間について、現在の四百時間を九十時間に削減すると、課長から申し出があったが、到底諒承できるものではなく、組合を含めてこの件で協議を行うことを求める」という内容であった。

奈緒子はその団体交渉にも加わった。

学校側は校長と教務課長、そして庶務係長が出席した。組合側からは本部書記長の織畠の他に大学講師分会の堺と奈緒子と亀谷の四人だった。

「あなた方は、労働基準法のロの字も分かっていない。何年も毎年四百時間で更新してきた者が、正当な理由がない限り九十時間にするということはありえないのです。きちんとした理由をお示し下さいと、先程から言っているのに、あなた方は何一つ返答できないじゃないですか。コミュニケーションが悪いのなら、具体的にどのようなことなのか示したらいいじゃありませんか」

織畠は激しく詰め寄った。

「織畠書記長、今はテクノスクールも色々大変でして、世の中の進歩に合わせて内容を新しくして行かないとなりません。ですから四月からはCADを取り入れます」

「そういうことでしたら、亀谷さんは充分対応できます。実際にご自分の事務所でも、すでにCADを使われています。確認なさいましたか」

「ですから、コミュニケーションが必要なのです。他の講師の方は担任と良く話し合っていますから、どの程度CADができるのかつかんでいます。しかし、亀谷先生とは話ができないので、担任も困っているのです」

課長はあまりにも一方的過ぎる。亀谷は、机の下で手を握り締めていた。

「とおっしゃると、担任は何度も亀谷さんに話し掛けをしているのですね。しかし亀谷さんはそれに応じない、という訳ですか。どうです亀谷さん、担任から来年度の時間数のことで話がありましたか」

織畠は亀谷に問い掛けた。

「一度もありません。来年度のことについての話は課長さんに聞いたのが初めてです」

「課長、講師の出講時間は給料です。それを削減するという大事なことは、個人間のコミュニケーションに属することではありません。全講師に正確なやり方で周知し、対応すべき問題です。あなた方はそれを怠っている。したがって亀谷さんのことは直ちに見直して全講師に、公正公平に対応するよう強く求めます」

大沢課長は腕組みをしたまま、

「まったく話のわからん人だ。他人とコミュニケーションができない亀谷先生に、反省を促しているんですよ」と小馬鹿にするように呟いた。

「いわば見せしめのためです」

大沢課長はそう言って憤然とふんぞり返った。

亀谷は耐えきれず立ち上がった。

「見せしめとはどういうことですか」声が震えていた。

「まるで犯罪者扱いではないか。見せしめは、取り消しなさい」

織畠も口調を強めて言った。

「言い過ぎたら謝りますよ」

校長はじっと課長を睨んだが、課長は気づかぬ振りをした。書記役の係長は校長と課長を交互に眺めていた。三人があまりにも不揃いであった。

「大学もかなり酷いことをやると思っていましたが、テクノスクールはそれ以上ですね」

堺が怒りを露にした。

「私たちは大学の門前でビラ撒きもします。学生たちにこんな不当なことがまかり通っていると知らせることもいたします。これは亀谷さんに対するイジメですよ。あなた方が何の反省もしないのなら、本気で考えますよ」

その言葉を無視するかのように、

「亀谷先生は生徒に、あまり人気がない」

課長は独り言のように言った。

亀谷は泣くまいと堪えているようだった。

課長がまた、もぞもぞと何か言い出そうとした時、校長はそれを遮って言った。

「それでは、もう少しこちらも担任を交えて話し合ってみます。また、次回改めてということでいかがでしょうか」と提案してきた。

亀谷が立ち上がった。

「私は生徒から信頼されています。分からない生徒には放課後の時間を使って指導しています。人気がないなどとは、本当のところを見ていないからです。情けないです」と叫んだ。

「織畠書記長、宜しいでしょうか。次回は一週間後の同じ時間で、三十分としましょう」

亀谷の叫びを遮って校長が言った。

「結構です。問題は時間ではなく、誠実に協議されるかどうかです」

「分かりました。では次回」と言って校長は席を立った。課長と係長も後に続いた。課長はゆっくりドアに近づきながら、

「時間内に教えられないから、残っているんだろう。教える能力が低いということじゃないか」とつぶやいて出て行った。

帰りの電車の中で、

「亀谷さん、向こうも追い詰められているのがありありだ。だから苦し紛れに汚い言葉を

吐くんですよ」

　と織畠は言った。


　二度目の団交を前に亀谷から連絡が入った。課長から呼び出され、

「実は私の権限で多少時間数を増やすことができるのです。そのご相談をしたい。九十時間に、あと五十時間加えられる」と言ったというのだ。亀谷は打ち合わせ通り、

「この件については、全て組合に任せてありますので、明日の団交の席で提案して下さい」と言ったそうだ。

　団交は前回と同じメンバーで始まった。

「今日は同じ繰り返しにならぬよう、新しい提案を持って参加されたと思いますが、いかがでしょうか」

　織畠は手馴れた言い方をして先手を取った。

　昨日、内々に亀谷を巻き込もうとして失敗に終わった影響か、課長は腕組みをしたまま口を開こうとしない。

「課長、いかがですか」

　しかし課長は織畠に、ちらっと視線を向けただけで無言のままだった。

「担任とは、話されたのですか」

織畠はなおも畳みかけた。課長は仕方なさそうに、

「実に困っているのです」と言った。

「ほう、どのように」

「亀谷さんのコミュニケーションの悪さが良く分かりましたよ」

「それはまた、どういうことでしょうか。具体的に聞かせていただきたいですね」

織畠は打ち合わせ通り、ぐいぐいと攻めてゆく。

「いや、それは私が勝手にそう思っていただけかもしれませんが、とにかく、予定通り亀谷先生には九十時間しか配分できません。これが担任と話した結果です」

「ほう、それが結論ですか。もう少し詳しくお聞きしたいのですが、コミュニケーションが悪いということで、前回と同じ答えでは埒もあきません。もしかしてコミュニケーションが悪いとおっしゃる本当の理由は何か、課長はご存知なのですね。ここは曖昧にせず、ずばりとお話いただけませんか」

課長は一瞬たじろいだ様子だった。

「それがそう簡単にお話ししにくいので困っているのです」

「おかしいですね。結論だけは九十時間にするとおっしゃるのに、理由が示せない」

課長は、黙ってしまった。織畠はさらに、

「先週の約束をもう一度確認しますよ。担任を交えて話し合ってみる。これがそちらの提

案でした。校長そうでしたね」

「その通りです」

校長は課長を睨みつけるように答えた。

「では、今の課長の答えは、的を射ていません。校長、あなたもその話し合いに加わっていたのですか。それとも、課長に一任されたのですか」

織畠はしつこく押す。

「校長は出張が入っていたので、私と担任とで話し合いましたよ。担任が話し掛けても亀谷先生は応じないと困っていました。本当にスムーズじゃないんだ。これじゃ授業にも差しつかえる」

「そうだったのですか。亀谷さん、担任との話し合いを拒否されたのですか」

織畠は亀谷に質問した。

「この件について担任からは、この一週間、何の話もありませんでした」

「どちらが本当の話なのでしょうかね。課長、あなたは、亀谷さんとそのことで昨日、何か話をしましたか」

課長は明らかに狼狽して言った。

「別に、大した話はしませんでしたけど」

織畠は更に、

「我々が、こうして公の場で話し合いをすすめる意味を、課長は全く理解していないようですね。あなたは、自分で自由に上乗せできる時間をお持ちだそうで、昨日内々に、亀谷さんを呼んで五十時間プラスするから、組合から手を引くように言ったそうですね。利益誘導による組合への支配介入を行った、つまり不当労働行為という重大な違法行為です。公務員として大変な過ちを犯したのです。校長、まさかあなたが指示したのではないでしょうね」

その声は広い会議室が振動するほど迫力を帯びていた。校長は黙ったまま、顔が青ざめていった。

奈緒子も発言した。

「他の講師の方々もこんな理不尽な出講時間の削減は絶対に許せないと思います。私たちは今度のことをビラにして門前で配ります」

三度目の団交が翌週行われた。学校側が出してきた条件は、ＣＡＤの指導能力確認試験を実施するということだった。他の講師も同様に実施するものと思い確認すると、

「他の先生方には確認試験の用意はしてあります。出講日が違いますので、まず亀谷先生に行うということです」と答えた。

「毎年、何年も更新してきた私たちが何故試験を受けなければいけないのですか」

「それは何度も言っていますが、近々ＣＡＤを導入するからです」

「ＣＡＤは知識で描くものです。今までのドラフターがパソコンになるだけです」

亀谷の悲痛な叫びだった。

「そこを確認したいのです。そして言っておきますが、これは四百時間を回復するかどうかの試験と全く別の問題です」

課長は「試験をする」の一点張りだった。奈緒子はこれが「見せしめ」なのだと思った。同じ講師の立場で亀谷の辛さが乗り移ったように、到底その話には応じられない。しかし織畠は何故その場で蹴らなかったのか、奈緒子は納得がいかなかった。

「今度は組合側が答える番だ」と組合事務所に戻って、織畠は奈緒子に亀谷を説得するよう言った。

しかし試験される屈辱は奈緒子にも耐えられないことだった。織畠が学校側の提案を蹴るのはまずいと言う根拠が理解できなかった。

「他の講師も一緒に受けるのでしたら、まだ考えようもありますが、あまりにも不公平です。私自身が納得できていません」

奈緒子は織畠に訴えた。

「亀谷さんは喧嘩がしたい訳じゃないだろう。時間数を元に回復させることが最優先のはずだ。喧嘩は、もうこんな職場は辞めると決めた時にだけやればいい。長く働こうと思うのなら、職場を大切にすることだ。相手の逃げる口実を塞がないと、道が開けないよ」

しかし、それでも奈緒子は納得できなかった。

「この能力確認試験には二つの罠が仕掛けられているのだ。村井さん、それが何だか分かりますか。こんな試験は受けないと拒否すれば、それじゃ仕方ありませんね、九十時間でお願いするしかありませんと言う。受ければ成績が良くないとして難癖をつけて落とす。どちらにしても、亀谷さんを落としたいんだ。そこをどう切り開いてゆくかだ。相手の非を攻めるだけでは、何にも成果が取れない場合が、あるんだよ。柔軟に対応してゆくことだ」

織畠は奈緒子を熱心に説得した。

「堺さんはどう思われますか」

奈緒子は大学講師の堺の意見も聞きたかった。

「そこが難しいところですよね」

堺は曖昧に答えた。確かに答えづらいことかもしれないが、大学も立場が同じではないか。堺には是非分かってもらいたかった。

「ところで、亀谷さんは担任にセクハラを受けているのではないだろうか。それも何か根深い確執のようなところで」と、ふと織畠は言った。

そのことが確認試験とどう関係があるのか、分からず奈緒子は返事に詰まった。

「私の勝手な想像ですが、今回の事件の発端は意外とそんな身近なところにあるのかもしれないかとも思ったのです」

「確認試験を受けた方が良いとおっしゃることと関係があるのですか」

「いや、それとは別の問題だが、以前から一応聞いておこうと思っていたのですよ。学校側のあの頑なさはちょっと異質ですからね」

「それは、無いと思いますが、一緒に昼食をとるように言われたことはあったようですが、それはセクハラに当たるのですか」

「その時の状況を今度聞いてみましょう。村井さん、試験のこと、明日にでも説得してみてごらん。それでも受けたくなかったら、また一から作戦を練ろう」

相手の逃げ道を塞ぐ、織畠があのように勧めるのは、何か別の理由があるのだろうか。作戦をつかみだそうとしている織畠の苦悩に満ちた表情が読み取れた。


「村井さん、一緒に来てもらいたいところがあるんだ。三時に新宿へ来られないかな」

翌朝早く織畠から電話があった。

奈緒子が午前中の授業を終えて新宿駅の改札口へ行くと、もう織畠は来ていた。亀谷もいた。待ち合わせの喫茶店に移動しながら、大まかな話を聞いた。

渋谷にある芸術専門学校の二十人の講師に、時間給を五十％削減すると理事長が言ってきた。その人たちが東京都の労政事務所に相談に行き、公共一般を紹介された。そして助けを求めてきたということだった。二十人の中心になっている斎藤という講師と今から会うのだ。

広い店内の入り口近くで公共一般のパンフレットを広げて目印にして、しばらく待った。大きなギターケースを抱え、茶色で長髪の皮ジャンパー姿の若い男が入ってきた。沈んだ面持ちで、まっすぐこちらに向かって歩いてきた。

「斎藤さんですか」と織畠は声をかけた。

「はい」

斎藤はボックスになった席にギターを置いて座った。織畠は奈緒子と亀谷のことをテクノスクールの非常勤講師で斎藤と同じ立場にあると紹介した。

「織畠さん、その公共一般という組合には、全員が入らないと駄目なのですか」

「なるべくそうしてもらいたい」

「学校側はリーダー格の二人を選んで、お前たちだけは雇用保障してやるから、できるだけ多く講師たちを退職させるようにと、恫喝されているらしいです」

そのことでみんなが動揺しているということだった。

「お決まりの手だな」織畠はそう言って、口をきつく結んだ。

「こちらは団結する以外に勝つ道はないですよ。卑屈になって首の皮一枚で繋がっても、その二人だって役目が終わればどうなるか分からない。結局、一致団結してそんな不当なことはハネ返す、これしかないのです。あなただって奥さんも子供もあるのでしょ。決して楽な生活をしている訳じゃないはずだ」

「私はミュージシャンです」

ギターの演奏家でもある斎藤は、そこまで言って言葉を詰まらせた。

「こんなこと、女房には言えません。女房も子どもを保育園に入れてピアノ教室をやっていますが、今でも生活はぎりぎりです。これ以上心配させたくない」

と言うなりガクッと首をたれてしまった。奈緒子は、胸が詰まった。亀谷も下を向いたままだった。

「闘えば、勝つ見込みがあります」

織畠はきっぱりと言った。

「僕らの組合では毎年同じような首切りや、賃下げが山のようにあります。闘ってそれらをハネ返しています。この五年間で九百人も首切りを撤回させました」

斎藤は首をもたげて食い入るように織畠を見つめていた。

「勝率九十パーセントというところでしょうか。団結が崩れると、そこに付け込まれるのです。十パーセントはそれでしたよ」

亀谷が自分のことを話し出した。

「私も年間四百時間で非常勤講師をしていますが、来年度から九十時間という削減を言われて、この組合に入って闘い始めました。いじめもあって辛いのですが、一人では闘えません。そこを支えてくれるのが労働組合なんです。斎藤さんは仲間がいて、私より闘えますよ」

斎藤は瞬きもせず聞き入っていた。

「苦しいかもしれないが、奥さんにもこのことは話した方がいい。まずは奥さんに理解してもらうこと、応援してもらうこと、それが何よりも必要だ」

斎藤はまた、下を向いてしまった。しかし、織畠の言っていることはまったくその通りだと奈緒子も思った。夫の泰志が組合なんか辞めてしまえと言ったならば、奈緒子はこうも動けなかっただろう。泰志なりの協力だと思っている。

「私一人が決意してもみんなが決意してくれるかどうか分かりません。自信がないのです」

斎藤は鼻をすすりながら言った。

「最初は誰だって一人から始めるんじゃないかな。あなたが呼びかけてゆくんです。みんなあなたと同じように家族にも話せないで悩んでいるでしょう。組合はそれを応援して、きっと団交まで持ち込みます。超ワンマン経営の理事長を団交の席に引きずり出してやりましょう」

織畠は団交の時の厳しさとは打って変わって、精一杯斎藤を励ましている。

「分かりました」

彼はその場で加入申込書を書いた。織畠は今から具体的に何をするかを話した。

「今夜、全員に電話を入れます。加入申込書をファクスで書いてもらいます。女房にも話します」

「そうだな、そして協力的な人に手伝ってもらいなさい。きっといますよ。そしたら、手数が半分にも、そのまた半分にもなるかもしれないし、そのことで理解も深まる。あなたの心の重荷は軽くなるはずです。今決意したこの気持ちを直に伝えてゆくことです」

斎藤は「じゃ」と一言いうと、来た時とは別人のような笑顔をみせて、ギターを抱えて店を出て行った。

一人の人生が変わる瞬間に居合わせたのかもしれないと奈緒子は思った。

その時、

「私、確認試験を受けます」

と、亀谷が言った。あれだけ説得しても嫌だと言い続けていた亀谷が今、気持ちを変えたのだ。途端に奈緒子の心に感動が溢れた。亀谷の手を握らずにはいられなかった。

織畠は亀谷に、

「是非今日の感想を聞かせて下さい」と促した。

「苦しいのは、私だけじゃないと思いました」

「そうだね。亀谷さん、あなたも自分の職場で講師の中に組合員を増やしてゆくことです。力になりますよ。もし学校側の提案に応じなかったら、組合側が蹴ったとして、もはや継続雇用の提案はしてこないかもしれません。まあ、そうなったら労働委員会に持って行こうと考えていました。よく決意されました」

織畠は囲碁の何手か先を読むような調子で言った。

「さあ、亀谷さんの思いを込めて要求書を書きましょう」

と、喫茶店を後にした。

「織畠さんはいつも自信を持っていて、迷いなどないのでしょうね」奈緒子が質問すると、

「おや、そう見えますか。私にも一人前に悩みはありますよ。争議の数だけ傷ついてきましたからね」と笑った。

「ただ、僕は楽天的なのかもしれないな」

織畠の楽天性は何処か確固とした裏づけがあるように思えた。織畠の抱えている争議や裁判は他にもいくつもある。楽天的でなければもたない。労働者を心から信頼しているのだろう。自分も楽天的になれたらどんなにいいだろうかと奈緒子は思った。

それから、かなりの時間をかけて学校側に提出する要求書を書いた。

確認試験に応じること。その際ＣＡＤの機種、方法など細かな点を団交で明らかにすること。講師間の公平さを欠くことの無いよう求める。最後に学校側の出方によっては東京都労働委員会に申し立てすることもあると付け加えた。

三月も半ばを過ぎ年度末が近づいていた。テクノスクールからファクスで機種はＪＷＣＡＤ、実施日は三月二十八日と知らせてきた。要求書に応えた内容のものではなかったが、準備だけは進めようと組合のパソコンを使って、奈緒子と亀谷の練習が始まった。

しかし直前になって機種をＡＵＴＯＣＡＤに変更すると言ってきた。

「亀谷さん、同じ科の講師に連絡できないかしら。本当に他の人も試験を受けるのか、確認しなくてはならないわ」

亀谷は他の講師には迷惑はかけたくないと言っていたが手帳をめくり始めた。そこで、とんでもない策略が仕掛けられていたことを亀谷は思い知らされた。

驚くことに、同僚の講師は全員、

「そんな話は全く聞いてない」

と言い、すでに次年度の講師陣による新体制が三月十五日付で示されていること。その中には亀谷の名はなく新たな講師の名前が記されていることが判明した。亀谷は、悔しいと言って泣きだした。奈緒子は亀谷の肩に手をかけたが、言葉が出てこない。

失望は大きいものであった。公共一般労働支部テクノスクール分会として都労委へ申し立てを行うよう説得した。

しかし亀谷裕子は失意から立ち直れなかった。このような屈辱に耐えられない、高いプライドを持つ人だった。

「組合が悪いのではありません。私の訴えを真剣に受け止めてくださった公共一般を私は尊敬いたします。テクノスクールは、私に心を寄せた障害者の生徒を退校させました。その子を修了まで支えたかったです。障害を持った生徒たちは、ここで救わなくて何処で救われるのでしょうか。私は本当に怒りを感じます。

そのことに寄り添ってくれた組合のみなさまに感謝いたします。私は幸い夫と設計事務所を経営しています。そこで食べてゆけます。この組合にめぐり逢え、この惨い事実を語れたことで、私は感謝いたします」

そしていじめの原因はとるに足りない些細なことからであると語った。

「実は退校させられたその子、本田君というのですが、担任からいじめられていて、私と同じ被害者です。来月から私の事務所で働くことになります。生まれたばかりの子どももあって働かなくてはならないのですが、能力もあります。こういう仕事に向いていると思いました。

担任は自分に逆らう者はみな排除するので、私はその体質が嫌いでした。私は昼食を一緒に取ることを拒否したからいじめられた。本田君は膝を曲げられない障害があって、掃除に参加できなかった。担任はサボるなと言っていじめたのです。障害とは何かもわからない、障害者校の担任なんです。私の時間数削減もそんな些細なことから始まったのです。本田君が私の事務所で働いているって分かったら、担任のいじめはもっと激しくなるでしょう。私は耐えられないと思いました。私共の仕事は優しい心を持った人でないと、いい仕事はできないんです。私はその仕事に専念したいと思います」

そしてついに東京都労働委員会への申し立ての説得も虚しく、この闘いから退いていった。

後日奈緒子は亀谷に呼ばれて、織畠と共に亀谷の設計事務所を訪れた。そこで設計され製作されていた物は障害者用の椅子や作業台などで、溢れていた。一人ひとりの障害の違いに合わせて様々な考慮がなされていた。事務所は車いすのまま入れる相談室があり、障害者に対する温かな配慮に胸を打たれた。亀谷裕子こそ障害者校の非常勤講師にふさわしい人だと改めて思った。無念さがこみ上げてくる。

帰り道、織畠は突然立ち止まって「救えなかった」と、絶句して目頭を押さえた。

「俺はダメだな。亀谷さんに寄り添えてなかった」

悔しさは奈緒子とて同じであったが、いつも自信に満ちた織畠とは別の一面を見た気がした。

この時、奈緒子は共産党に入りたいと思った。織畠の悲しみを共に背負いたいと思った。どんなにか喜ぶことだろうかとも思った。

しかし、こんなに心が震えている時に、どうしても言い出すことができなかった。

「亀谷さんのことは、これで終わりじゃないと思います。また何かの機会に出会うかもしれませんね」

「そうだよ、村井さんもなかなか楽天性を持っているじゃないの」

織畠は奈緒子を励ますように言った。


亀谷を救えなかった辛さを抱え、奈緒子は気持ちが晴れなかったが、織畠はすぐにいつもの元気を取り戻していた。気持ちの切り替えが素早いのだ。これが織畠の楽天性なのだろう。

渋谷の芸術専門学校の斎藤から講師全員が組合に加入したという知らせが届き、奈緒子はやっと気持ちを切り替えることができた。

織畠はすでに渋谷の芸術専門学校モードに切り替わって、理事長との闘いの作戦に没頭しているようだった。

執行委員会の会議の後で、

「私みたいな者でも共産党に入れますか」

と、織畠に聞いてみた。

織畠は一瞬信じられないというようにぽかんと口をあけ、ぎょろっとした目で奈緒子をじっと見入って言った。

「ずいぶん待たせたじゃないか」

「ほんと、何年も経ってしまったわ。母も送ったし、いろんなことに出会って、あっという間に時間が経ってしまった。織畠さんやオルグのみんなを見ていると、他人のためにどうしてあんなに頑張れるのだろうって、いつも思っていました。私はみんなのように頑張れないかもしれないけど、そうしたらいつまで経っても入れないわ。でもみんなと同じ方向を向いて生きてゆきたいという意思表示はしたいと思うの。それが私の入るってことなのかもね」

「村井流の考えだね」

「えっ、やっぱり私みたいな者では入れない」

「や、なんていうか、嬉しくて言葉が探せないんだ。やっぱり、ずいぶん待たせたよ」

一瞬、織畠も奈緒子も言葉もなく見つめあった。

いつだったか、織畠が言っていた「一人はみんなのために、みんなは一人のために」という言葉が浮かんだ。共産党の共はそれだったのだと思う。雲が切れて青空が広がるようだった。難しいことではない。これが村井流でいいではないか。

「この日を待っていた」掠れた声で織畠は言った。

「乾杯だ。みんなを誘って乾杯しよう」

公共一般に相談で駆け込んで来る人たちは、世の中からひどい扱いを受け、やっとの思いで労働組合に辿り着いた人たちだ。

組合に加入してもらい、仕事先の会社や公務職場と交渉を持ち、雇止めや不払い賃金を支払わせたり、パワハラを追及したり、時には生活保護の申請に同行したりして、相談者を守ってゆく。しかし次々と後を絶たない不当なことが起こり、何故そうなるのか根本から追求しなくてはならない。つき詰めれば世の中の仕組みに突き当たるのだ。ふと「貧乏はあんたのせいではない」と言ってくれた中学の時の先生を思い出した。

政治が国民や都民に向いていていない。大企業本位であったり、弱い者いじめであったり、そこを見ないふりをしては生きられないのだ。奈緒子は、その意思表示をしなくてはならないと思った。

事務所に残っていたオルグの二人が、

「村井さんおめでとうございます」と手を差し伸べてきた。

めでたい実感はなかったが、その手を握り返した。自分で考え自分で決めた。これでよいのだと思えた。

「労働者が報われる世の中にしてゆきたい」と短い決意を書いて申込書に署名した。

織畠は、ついでにこんなことを言った。

「俺たちは失うものがないというか、いつぽっくりいってしまったとしても、俺たちの思いは必ず次の者に引き継がれると思うんだ。だから俺も結構楽天的なんだな。村井さんもそうだよ」

そうだろうか、ここは少し納得がいかなかった。自分にはぐずぐずと考え込むところがある。だからこんなに長い時間がかかってしまったのではないか。しかしそれは織畠の思いだろう。

「共産党員に必要な資質とは何だと思う」

織畠は、奈緒子とも若いオルグともどちらともに思える質問をした。

「それはですねえ、まじめにコツコツですね」

と一人のオルグが言った。

「いやいや、笑いですよ」と、もう一人が言った。

奈緒子は思い当たらなかった。織畠は、

「笑い、いいね。それはだな、楽天性だよ。それに尽きる。大変なことに次々と出くわしても、何とかなるさと思う心だよ」

それは織畠持ち前の資質だと奈緒子は思った。

「村井さんも結構楽天家だ」

そう言って織畠はハッハハと大声で笑った。

翌日、高齢になって組合を退いた佐々木信哉に、ぜひ入党の推薦人になってほしいと願い出た。佐々木は大変喜んでくれた。涙声で、

「労働分野に引き継ぐ者ができた」と、いつも物静かな佐々木だったが、引き継ぐ者という言葉を何度も言って、喜びの言葉が語られた。少しは恩返しができたかと思えて、奈緒子も嬉しかった。

共産党に入っても奈緒子の生活は特に変わることはなかった。次々と読み物が多くなったが、組合活動そのものが党活動であるかのように感じられた。

当局と対峙するときも法律に照らし合わせ経験も練り込めて言葉を紡ぎ出す。少し理屈っぽくなったかなと思いながら、改めて理にかなった科学であると感じる。

泰志にいつ話そうかと思いつつ、なかなかゆっくり落ち着いた時間が取れなかった。

泰志が夏の盆休みに入り、秩父の温泉宿に一泊旅行をした。温泉につかりお酒も入ると口が滑らかになった。

「私、共産党に入ったの」

奈緒子はやっと話し出した。泰志は別に驚いた様子もなく、

「生き方は自分で決めるものだから」と言った。

「反対しないの」

「反対しても、奈緒子は思う通りやるだろ」

「まあ、そうかもしれないわね」

「俺は、選挙でも共産党へ入れているし、支持しているつもりだよ。でも俺は入らない。奈緒子は行動的で、それはそれで良いと思っているから。俺にはできないけどね」

と、話はこれで終わりだった。

「昔は博と三人の旅だった。いつからかこんな二人っきりの旅行になってしまったわね」

久しぶりの静かな休息だった。

宿から十分ほど歩いたところに子育て観音で有名な札所がある。朝食前のひと時、散歩に出た。

誰も居ない境内、本堂の前に「子育て観音」があった。母の慈愛の眼差し、乳を食む満ち足りた赤子のほほえましさ。

「こんな観音様に会えるなんて来てよかったね」

「うん、これは素晴らしい」

奈緒子と泰志はしばらく縁石に腰を下ろして眺めていた。

「俺は、ああいう姿に弱いなあ。俺が生まれた時は、父がいなかったそうだ。そして戦死だ。姉も兄も、お前はねって、東京大空襲の中で、母ちゃんが俺を負って逃げ迷う話ばかり、何度も聞かされてさ、俺が赤ん坊の時のことを思う時、いつもその地獄絵しか浮かばないよ」

泰志が自分の生い立ちを話すことは、めったにないことだった。

そういう奈緒子自身は、戦後の食糧難の時代ではあったが、苦しかったことの記憶はない。庭に残っていた防空壕の跡を遊び場にしていたくらいだった。戦前戦後の苦難を背負ったのは両親と兄姉たちだったであろう。

今の奈緒子の毎日は、忙しさは並ではない。夜も遅い。寝に帰ってくるだけの生活で、これから始まるであろういくつもの闘いを思った。

「さあ、朝食に戻ろう」

「またいつかここへ来ようね」

第四章　労働組合と文化

奈緒子の若いころの登山の経験は、テクノスクールの人たちとの交流から始まった。白馬岳の登山を皮切りに槍ヶ岳、穂高岳、剣岳など北アルプスの山々を歩き、尾瀬も自然保護区の全てのコースを、季節ごとの変化と共に堪能して歩いてきた。それが組合活動においても大いに役に立つことになった。

奈緒子は時々思い出す一場面がある。山小屋の食堂の六人掛けのテーブルを囲んで話が盛り上がっている時だった。

「私、今度都区一般という労働組合をやり始めたのだけど、今までのように毎月山へ来れなくなってしまうと思うの。別にこんな決意をみんなに語らなくても良いのだけど、私は一つ一つ区切りをつけながら次のことを始めてゆきたいという、変な性格しているのよ」

「村井さんらしいな、そんなに固く考えなくてもいいじゃないか」

「そうね、行ける時にはご一緒させていただくわ」

「そんなこと言ったら、俺たちはみんな仕事の他にも色々掛け持ちしている。忙中閑ありだよ。だから楽しいんじゃないか」

三枝もいた、柴田もいた、卒業生の二人の女性もいた、木内もいた。木内は藤田金型製作所時代、夜間の大学に通っていた学生の一人だった。建築士の資格を取って事務所を開設し、テクノスクールの講師もやるようになっていた。とにかく奈緒子はみんなの前で、決意を話したのだ。

奈緒子はこんな思いを持って労働組合の運動に入っていったことを思い出す。しかし、それまでの十五年の山歩きの経験が労働組合活動の中で十分に活かされていった。

都区一般は発足当初から文化活動に力をいれ文化レクリエーション活動が活発に行われていた。結成間もない頃から、労働組合や民主団体との交流があり「保育福祉労組」の組合員で、実家が赤倉温泉で旅館を経営しているという話を聞き「スキー&温泉」の旅行を計画した。一九九一年年末、大型バスで二泊のスキー合宿を開催した。組合活動家といわれる人の中にはスキーの指導員並みの技術を持った者が数名いたので、スキースクールも開設した。初めてスキーをする人も安心して参加できた。

息子の博は、今はもうスキーを卒業してスノーボードに夢中になっている。親と一緒に出かけることもなくなっていた。

雪の上に立つと子どもスキースクールの情景が目に浮かぶ。列になって滑る子どもたちの姿が蘇ってくるのだ。

赤倉スキー場の広大な雪景色とスキーをたっぷり楽しみ、夕食会は二つの組合が互いに交流し、寛ぎ、語りあった。温泉も、漬物の味も忘れられない思い出となった。

「組合員たちが団結できる文化的な催しを考えよう」と会議の中で提案された。

都区一般独自の取り組みとして継続して行える取り組みを模索した。そして生まれたのが尾瀬ハイキングだ。

奈緒子にとって尾瀬は「心のゆりかご」のような場所だった。隅々までよく歩き、至仏山《しぶつさん》や燧ヶ岳《ひうちがたけ》はもとより、会津駒ヶ岳、平ヶ岳、谷川岳など尾瀬を取り巻く周辺の山も歩いていた。

尾瀬は尾瀬ヶ原と尾瀬沼からなり、四方を山に囲まれた日本最大の高層湿原だ。至仏山は尾瀬ヶ原の西に位置し、なだらかな裾野を広げ、美しい姿で尾瀬ヶ原を見守る母のようだ。一方燧ヶ岳は尾瀬沼から盛り上がるような険しい容姿を見せて力強い父の眼差を放っている。この二つの山に挟まれた尾瀬は母父に抱かれた別天地、癒しの地である。尾瀬の魅力は何と言っても澄みきった空気の中に咲く四季折々の花の美しさだろう。雪の中から顔を出す水芭蕉に始まって、リュウキンカ、ニッコウキスゲ、ヒオウギアヤメ、サワギキョウなど短い夏を密度濃く咲き誇る。

第一回の尾瀬ハイキングは一九九三年の夏に行われた。奈緒子たちは尾瀬の自然を損なわないように、靴に付いた都会の土を洗い流して入山した。奈緒子にとって尾瀬はそれ程大切で守るべきところだった。尾瀬への入り口は檜枝岐《ひのえまた》から入る御池口と沼山口。群馬県側から入る鳩待峠、大清水、富士見峠下。新潟から入る小沢平などがある。

尾瀬全体が特別自然保護区で、多くは立ち入り禁止となっているが、奈緒子たちは十年をかけて、その全ての入り口を利用して尾瀬を縦横に歩き廻った。

宿は尾瀬の中の山小屋にとることが多かったが、周辺では福島県檜枝岐温泉、木賊《とくさ》温泉、群馬県老神《おいがみ》温泉、葉留日野山荘などを利用した。また大雨による通行止めで尾瀬を目の前にして入れず、急遽ロープウェーを使って谷川岳登山に変更したこともあった。

健脚コース、ハイキングコース、温泉三昧コースなどそれぞれにリーダーを決め、体力に合わせて参加しやすい工夫も凝らした。

夜、宿に各コースが集合し、盛り上がる話は、実に楽しいものだった。述べ三百人を超える参加者で、尾瀬の自然からもらったエネルギーは大きい。後々まで大切な心の絆となった。それは組合の言葉に置き換えると団結だ。団結の力でこの間にたくさんの闘いと争議とを勝利に導いていった。

尾瀬ハイクを始めて十年が経った。

若者の参加も増えているが、常連は十年経てば十歳年を積み重ねる。みんなの希望もあって尾瀬ハイクを発展的に「歴史に学ぶ夏の旅」と改めて宿泊旅行を引き継いだ。

草津栗生楽泉園ハンセン病に学ぶ旅、足尾銅山に労働運動の原点を学び、秩父困民党、御巣鷹の尾根慰霊登山、野田醤油大争議に学ぶ旅、福島第一原発事故・松川事件に学ぶ旅等などたくさんの学習旅行をした。これは文化を大切に思う公共一般の特徴ある催しだった。

ほかにも文化の取り組みはたくさんある。

「大塚うたごえ酒場」は年四回開催し、会場は労働会館七階のラパスホール。織畠はお酒が入るといつも言う。「酒も文化、だからうたごえ喫茶じゃなくて『うたごえ酒場』と命名したんだよ。組合の枠を超え労働者が心ゆくまで歌える場所を提供する。労働組合は酒場から生まれたんだから」

織畠は大塚うたごえ酒場の店長で、毎回とても楽しそうに店を盛り上げている。奈緒子もウェイトレスの役で、会場を回り良く労働歌を歌う。受付や料理もオルグや支援者の手伝いで酒場を盛り上げてもらう。

この中で毎回テーマを持って客を招待する。民族衣装に身を包んだクルド人が二十人ほど、会場いっぱいに輪になって祖国の踊りを踊ったこともあった。三線にのせて沖縄の歌をうたい、ロシア民謡、料理もそれに合わせて作られる。

楽団はアコーディオン、ギター、ピアノなど専門家が奏でる。

そして「コールラパス」という合唱団を二〇〇九年に創設した。指導者に当時新国立劇場争議を闘っていた、ソプラノ歌手の樫田八重子氏を迎え、混声四部で闘いを励ます歌をうたい、創作曲にも挑戦していった。

樫田は二〇一一年に、国を相手に十三年闘い続け「新国立劇場争議」に勝利し、音楽家も労働者であることを最高裁に認めさせた。十三年の闘いの後半、公共一般の組合員になった樫田に、ここでも織畠は音楽家に相応しい支援とは何かを考え、全国で支援コンサートを繰り広げていった。音楽の魅力と広範な支援で闘い、一気に勝利へと向かわせた。樫田は合唱には厳しい指導者であるが、その粘り強さが、コールラパスを育てている。

文章を書くということは特別なこと、苦手に思っている組合員が多くいる。しかし非正規として働きながら、たくさんの悔しさや悲しみを抱えて生きている人たちだ。書く力を身につければ、それは自分の苦しみから、みんなの苦しみになり、自分を責めていたことの本質が見えてくるのではないか。その向こうにもっと広い世界が広がるのではないかと思う。

奈緒子は会議の中で提案し、日本民主主義文学会の協力を得て二〇〇九年より「文章教室」を始めた。作品集を発行し、十年を越えて今に続いている。

他にも「星を見る会」「古民家見学会」と、各支部の催しなど豊富な文化活動が取り組まれている。文化予算を大幅に組み、組合員には交通費を支給して負担を軽減している。労働組合は待遇改善や賃上げだけで存在するのではないことを、豊かな文化と共に展開していったのだ。

公共一般は「ブレッド&ローズ」だと織畠は言う。人はパンのみで生きるのではない。自身の日立との闘いを通し、都区一般時代から公共一般へと、織畠が歩んだ労働運動の苦心の結晶が今、花を咲かせ実っているのかも知れない。だからこそ結成以来一万人近い雇用を守ってきた。文化は心をつなぐ役目を果たしている。

奈緒子の授業中の時だった。訓練生の新田は十九歳、夜のアルバイトが影響しているのだろうか、彼はいつも眠そうにしている。

ＣＡＤ製図科は、主に職業の方向転換を望む人のための訓練をしている。しかし今の雇用状況を反映して、リストラで止む無くここへ来ることになった年配の人や、フリーターやニートといわれる人まで、様々な立場の人の集まりだ。雇用保険のある人は保険金と一緒に訓練手当と交通費が支給される。しかし、雇用保険のない者は、授業料がかからない他は、すべて自己負担になる。新田も雇用保険の加入ができず、どうしてもアルバイトをしなくてはならなかった。そんな新田を奈緒子はついつい大目に見ることもあった。

今日の彼は、教科書を立ててぱっちりと目を開けている。ん、寝てないぞ、と思いながら授業を進めていた。しかし、なんだか様子が変だ。こちらに全く目を向けない。奈緒子は教室を回りながら彼のところへ行った。彼は奈緒子が近づいたことも分からないくらい夢中になって、立てた教科書の中に文庫本を挟んで読んでいる。

奈緒子は、

「新田君、帰りまで預かっておくからね」と言って本を抜き取った。

彼は、まだ小説の世界にいるかのように、ぽかんとしている。

「眠いのは多少大目に見るよ。でもこれはだめだよね」そう言って授業を続けた。

休憩時間に控え室に戻ってゆくと、担任が奈緒子を待っていた。

「まったく新田はしょうがないな。他の先生からも授業態度が良くないと言われているんですよ」

奈緒子の授業を控え室で聞いていたのだろうか。

「その本、僕が返しましょう」とさっと持って行った。

放課後新田がきて、

「村井先生、すみませんでした」

とぺこりと頭をさげた。

「新田君はＣＡＤが得意だから、授業の方も頑張ってね」

本も担任が返したのだろうと思っていた。

「先生、本を下さい」

「あら」

担任の机を見るとその本がのっていた。新田は一瞬、腑に落ちない表情を見せた。

「はい」と本を渡した。

「ありがとうございます」と言って新田は笑顔を見せて控え室を出ていった。

それから数日、新田は真面目に授業を受けていた。一週間ほどして担任から、

「これ、新田からですよ。先生宛に反省文を書かせました」と一枚の紙を渡された。

村井先生へ

この度は本当にふざけた事をしてしまい、すみませんでした。いくら悔やんでも失った信頼は取り戻せないだろう事を痛感しています。今回のことは完全に自分が悪く言い訳もできません。なので、謝ることは当然ですが、今後あのような行動をしないことを誓います。

遅すぎた決意ですが、多少でも信じてもらえれば嬉しいです。村井先生本当にすみませんでした。残りの訓練もよろしくご指導お願いいたします。

奈緒子は自分の人生の中で、反省文など書いたことがあっただろうか、子どもの頃まで振り返っても、まったく思い当たらない。書かせたことはあったか。これも無かった。親から叱られたり、先生から注意されたり、そんなことは何度もあった。何で叱られたのか注意されたのか考えること、これが直に伝わらなくては、反省文を書かせるその行為は何の意味も無いではないか。

どうしてこんな反省文などと、突飛なことを担任は考えるのだろう。

クラスの中に起こるすべてのことは、自分が解決する立場にあると担任は考えているのであろう。奈緒子は反省文など欲しくはない。まだ若い新田が、しっかりＣＡＤの技術を身に付けて就職していってくれることだけを望んでいたのだ。

反省文を書かされた新田はそれからちょくちょく休むようになった。アルバイトが忙しいとのことだった。間もなく、

「新田は退校しましたから」とさりげなく担任は告げた。

奈緒子は自分の本意が伝わらないままに、可哀想なことをしてしまったと悔いた。非常勤講師という立場は切ない。何もしてやれなかったことへの無念さだけが残った。

反抗する生徒や、授業の妨げになる、やりづらい生徒に、担任は退校をちらつかせることが、時にある。若い生徒を育てるという気持ちで、生徒の育つ力を待つ訓練が大切だと

奈緒子は常々思う。育てること、これ無くして職業訓練はあり得ないのだ。

毎年十一月三日に行われる技能祭には修了生が大勢来る。それは奈緒子たち非常勤講師にとっても、とても楽しみな再会である。

昼過ぎの来場者でごった返していた中に、見覚えのある修了生がニコニコ笑いながら奈緒子に近づいてきた。

「えーと、長谷川恵子さん」

「先生、覚えていいてくれたのですね」

「覚えているわよ。いろんなことあったもん」

長谷川はトレース科時代の修了生だった。

「長いことご無沙汰しました」

何年ぶりの再会だろう。隣には美しい娘が立っていた。

「もしかして、あの時の御嬢さんかしら」

「そうです。技能祭に連れて来た春江です。こんなに大きくなってもうすぐ三十です」

すると、

「二十六です」と春江は小さい声で言った。

「私たちも歳をとる筈よ」

「先生、ちっとも変らないですよ」と長谷川がお世辞を言った。

長谷川のことはよく覚えていた。当時の担任からいじめられていたからだ。担任が作成した教材の間違いを指摘したことからいじめは始まった。

「ここに線が無いと間違いだと思います」と長谷川は、たまたま近くにいた奈緒子に間違いを質した。

「そうだわ、投影が成立しないわ。良く気が付いたわ」

奈緒子がそう言った時、担任が近づいてきた。

「長谷川さん、そういうことは私の方に言って下さい」

そう言って黒板の前に立ってみんなに訂正を指示した。

それから長谷川は何かにつけて担任から無視されてきた。堪える長谷川にいじめは更にエスカレートしていった。

「先生がいたから、私は修了まで頑張れたんだと思います」

当時を思い返すように長谷川は言った。

「先生、今この子が、もう何年も仕事がなくてずっと家にいるんです。たまには外の空気を吸った方が良いと思って、今日は連れてきました」

「みんなの技能祭の時、お母さんの陰に隠れて、こんな小さかったのに。素敵な娘さんになって」

彼女はニコニコ笑っているだけだった。

「お母さん、優秀だったのよ。春江さんも、ＣＡＤやってみない。そしてゆっくりと将来の仕事のこと考えてみましょうよ」

長谷川は、嬉しそうだった。何年も引き籠ってしまった娘の生活を気遣う気持ちが容易に察しられた。

技能祭は各科がそれぞれ楽しい催しを行っている。奈緒子はＣＡＤを使った簡単なお絵かきを体験してもらいながら春江の様子を見ていた。

次に造園の実習場に案内した。小さな苗木の根を水苔で巻いて瑞々しい苔玉を一緒に作った。親子はとても楽しげに植物にふれていた。別れ際に、

「是非、テクノスクールにいらっしゃいよ。支援金制度も利用して、勉強してご覧なさい。きっと役に立つと思うわよ」

と、春江に言った。

翌年四月、春江はＣＡＤ製図科の生徒になった。何年も引き籠っていたことなど、少しも感じさせない、明るい娘だった。分からないところは分かるまで質問し、粘り強く技能を習得していった。成績はクラスで一番、母親にそっくりだった。

今日はＣＡＤを使って遊ぼうと考えた。ちょうどＣＡＤのコマンド演習はポリゴン（正

多角形）の練習だった。

「アイコンをクリックするとエッジ数を聞いてきます。５エンター。多角形を書く方法は何通りもありますが、今日は一辺の長さ二十ミリの五角形を描きましょう。最初の点を左クリック。20エンター」

画面には一瞬にして五角形が描かれた。先日手書きの実習の時はコンパスと定規でさんざん苦労して描いた五角形なのに、生徒は驚きの表情だ。

「ではこの応用で一辺の長さ二十ミリの六角形を描いてみて下さい」

みな、あっという間に描く。

「では五角形を十二枚、六角形を二十枚コピーして、それを使って今から何を作るか分かりますか」

「サッカーボールだ」と手をあげて答える声。

「そうです。サッカーボールです。それらを移動で並べて展開図（平面に開いた図）を作りましょう。図形が必ず繋がっていること。重なったり穴が空いたりしないように、じっくり考えて下さいね」

生徒には並べ方をメモ用紙に描いて作戦を練っている者もいる。

「端点をしっかりつかんで移動させて下さいね。実物があった方が良い方は、ここにたくさんありますから手に取って見て下さい」

サッカーボールの実物をしげしげと見ている生徒から、

「何で六角形が二十枚で、五角形を十二枚なんだろう」と言う声がした。

「ほんと、何でなのかしら、それも考えてみると面白いね」

作図に夢中になる生徒たちは真剣そのもの。

「出来上がった人はプリントしてハサミで切ってサッカーボールの立体になるかどうか確かめて下さい」

生徒たちはおしゃべりもせずＣＡＤを操作している。

「この五角形、重なっちゃった。ええと何処へ移動すればいいのかしら。先生これ結構難しいよ」

「そうね、頭の体操」

「先生できました。これでいいですか」

「さあどうだろう。答えはね、作ってみると出ますよ」

「それは、当たり前でしょ。切る前に聞きたいのに」

笑いが沸き起こった。

穴が空いてしまった、図形が重なった、球にならない、さてどこを直したらよいのか、また展開図とにらめっこする。

「展開図をスマートに作図すると、この立体のことが良く分かるよ。修正して出来上がった人は、五角形を好きな色にぬり潰してケント紙にプリントしましょう。これが本番です」

「もっと大きいのを作りたい」

「そうだね。A３用紙ぎりぎりまで大きくしてみようか。展開図を拡大コピーします。倍率は考えてね」

「あ、先生、いいこと考えた、この展開図が入るギリギリの長方形を描いてA３の大きさに参照させる」

「いいね、すごい」

子どものようにサッカーボール作りに熱中する生徒たちと、奈緒子も一緒に楽しんだ。


公務員の賃金が人事院勧告でマイナス一・六四パーセントと決まった。その賃下げは非常勤講師にも連動される。講師の報酬はA〜Eまでの段階があり、都立大学や短大・看護専門学校等の基準級号給に訓練の係数〇・七五をかけたものになっている。

しかし百円単位になるよう四捨五入が行われる。公務員のマイナス一・六四パーセントを適用すると、時給は百円のマイナスになる。それをEランクに当てはめてみると、三・八パーセントのマイナスであり、公務員の二倍以上のマイナスを被る。

非常勤講師の怒りがここに集中した。ボーナスも退職金もない私たちに「マイナスの時だけ公務員並は許せません」と印刷したチラシを都庁労働経済局へ昼休みの時間帯に机上配布して知らしめた。時ならぬ非常勤講師の行動に、弁当を食べながらチラシに見入る人や、迷惑そうに顔を背ける人や、様々な人間模様を垣間見る。

局交渉の中では、講師報酬計算根拠の百円単位の四捨五入が、この様な激変を生み出すことを追及し、十円単位の四捨五入とするよう要求した。また訓練係数〇・七五の根拠を示すよう求めた。

「長い目で見れば百円でも十円でも同じ結果になる。係数の根拠は今までの踏襲です」

局の回答は説明になっていなかった。一年契約の非常勤講師に向かって長い目で見れば同じだと言う。退職金も一時金もない、一年ごとの不安定雇用の非常勤講師に対する配慮など、一かけらも持ち合わせていない冷酷な回答であった。

二〇〇三年にA・Eランクを百円マイナスにし、翌年B・C・Dランクを百円マイナスにして、すべてのランクに時給マイナス百円の人勧を連動させた。東京都は許しがたい暴挙をやったのだ。これを是正させる闘いは続いている。

奈緒子は二〇〇〇年度から都立航空高専機械工学科の非常勤講師も受け持つことになった。高専は教育庁の管轄であり、同じ東京都であるのに、高専の方が時間単価はかなり良い。そして何より毎年提出する健康診断書は、校庭に検診車が来て、職員も非常勤講師も一緒に同一内容の健康診断が公費で受けられた。

テクノスクールでも検診車が来ているが職員のみの健康診断がなされている。生徒に接する者の立場は同じであるはずなのに、何故労働経済局では非常勤講師の健康診断は自己負担でなされるのか、納得がいかなかった。

この要求は講師全体の要求であり、公費による健康診断を求める運動に取り掛かった。結核予防法の立場からも「生徒に接する者、職員であれ非常勤講師であれ健康でなければならない」という精神に基づき局交渉の中で要求した。

同時に要請葉書を知事室宛に送る運動にも取り組んだ。しかし当局の態度は固く、都議会に向けて請願署名に取り組む運動を起こした。都議会各会派を訪問し紹介議員になってくれるよう依頼した。その結果、生活者ネット、無所属、共産党の方々の承諾が得られ、署名活動が始まった。

署名は二〇〇五年「経済港湾委員会」に付託され審議された。

共産党議員は労働安全衛生法に照らし合わせ、非常勤講師が何十年にわたり継続して働いている実態を示し、公費で健康診断を実施するよう糺した。

生活者ネットの議員は、学校職場では正規と同じ健康診断が講師にも行われており、生徒に接する立場はテクノスクール講師も同じである。働くものが安心して働けるよう、都が公費で実施するのは当たり前のことだと意見表明をした。

しかし、多数決で不採択となった。足掛け四年の闘いであったが、この要求を引き下げる事はできない。継続してこの要求を運動で切り開いてゆく決意を固めた。

公共一般は常にいくつもの裁判を抱えていた。

中野区保育争議は、中野区の非常勤保育士全員が民間委託を理由に解雇された事件だ。公共一般の上部組織は自治労連だが、中野区の保育士たちは連合系の自治労中野区の組合員になって、ビラまきも選挙も頑張ってきたのに、いざ自分たちの首のかかった民間委託が起こった時には、問題にされなかった。この首切りは守ってもらえなかったのだ。やむにやまれぬ思いで連合自治労を脱退し、二〇〇一年二月公共一般へ全員が加入してきた。ここから公共一般中野支部が発足した。区との交渉を繰り返し、ストライキも決行して争議に突入した。

「不当解雇は許さない」との思いで原告たちは頑張りぬき、七年の闘いの末に二〇〇八年三月、職場復帰を勝ち取り見事に勝利の日を迎えた。

その闘いの中で、原告が東京地裁で陳述した言葉の中に、保育の現場が活き活きと再現された。奈緒子も傍聴席で聞き入っていた。

人参の嫌いな子に「人参を食べるとほっぺの色が人参のように赤くなって可愛くなるのよ」といって、人参を好きになったという話に保育園の先生と園児の心の通い合いが伝わってきた。奈緒子はこんな心優しい保育士を解雇するなんて許せないと、この素敵な場面を歌にしてみたいと気持ちが大きく動いた。メロディーが自然と浮かんでくる。

「闘いには歌が必要だわ」

これを歌詞として歌を作ってみよう。奈緒子の呼びかけに、織畠がすっかり乗ってしまった。なんせピアノはお手のものだった。

「先生だいすき」「保育って何」「ゆきちゃん」「わたしは保育士」の四曲からなる、合唱組曲「わたしは保育士」が生まれた。

この中で特に「先生だいすき」は様々な集会や催しで公共一般の職場コーラス「コールラパス」によってよく歌われた。

ほっぺの色は人参
真っ白い歯はご飯
黒い瞳は昆布色
みんなもらって大きくなれ
先生だいすき保育園辞めないで

この組曲は自治労連結成二十周年記念の作品募集に応募して賞と賞金をもらった。

二〇〇八年三月、奈緒子は都立大の串田教授に誘われて、ドイツの職業訓練を見学する機会を得た。串田は職業訓練の研究者であり、その学生たちに交じって、労働組合から奈緒子と織畠正行と教育研究者、哲学者の四人が同行した。織畠は前年の大会で書記長を若い山崎に継ぎ、副委員長として三役に残っていた。

この研修旅行は奈緒子にとってはまたとない機会であった。

東京都の職業訓練は、二〇〇一年度までは授業料も教科書も教材もすべて無料で実施していた。

ところが石原慎太郎都政のもと二〇〇二年度に教科書が有料になり、二〇〇七年度からは一年制・二年制の普通課程訓練が年間十一万五千二百円と有料になった。普通課程訓練とは、主に若年者を対象にした科目が多く、職業訓練全体の約半分の科目にあたる。

授業料は都立高校と同額にされた。それまでは、様々な理由で高校へ進学できない子どもたちが、親の負担が無く学ぶことができた。この訓練は、経済的弱者への開かれた道だった。しかし案の定、有料になってからの応募者数は減少し、後退の影響は経済的弱者に対して、職業訓練を受ける道を狭める強要の結果となった。

教科書、授業料、選考料の有料化は職業訓練に「受益者負担」の考え方を導入したもので、弱者救済の職業訓練の精神から外れる。また、市場化テスト、民間委託などが進められ、職業訓練の公共性が崩されてゆく結果を招いた。

折しも署名運動の真っ只中だった。職業訓練有料化反対の署名は一万一千筆を越え、都議会に提出した。

テクノスクールの抱える厳しい状況の下での、ミュンヘンとドレスデンの生産学校の訪問となった。「生産学校」とは日本のテクノスクールと一概に同じレベルで比較することはできないが、弱者救済の立場に立って技術を身に付け、社会で活躍できるようにする公共職業訓練である。当然無料で行われていた。ドイツの公共職業訓練の現場を見学し奈緒子は開かれた道を示された思いがした。いくつもの点でドイツと日本の違いがある。

ドイツでも日本と同様に、様々な理由で順調に学業を進めない子どもたちがいる。日本だったら「自己責任」と言うところだろうが、ドイツでは社会的不利益におかれた青少年として、手を差し伸べている。生産学校では、中学中退者や基幹学校未修了者、失業者などに対して、パソコン、金属加工、木工、自転車、料理のテイクアウト・パーティー企画などの職業訓練が行われていた。

入試はなく当人の職業訓練を受けたいという意思を確認する面接のみで、希望者全てを受け入れていた。

ここが東京都とは大きく違う。都立のテクノスクールでは定員があり、面接と学力テストを行い、篩にかけられる。奈緒子の担当しているＣＡＤ製図科は訓練期間六ヶ月、年間六十人の定員の授業料のかからないコースで、三ヶ月ごとに十五人の募集だが、応募者は五十人を超す。ここ数年最高の応募率となっていた。大量解雇の昨今の影響と思われるが、入校できない人たちは何処で受け止められるのだろうか。入校選考に立ち会う時、セーフティーネットになっていないことを、奈緒子はいつも感じる。

希望者全てを受け入れるドイツの生産学校は学ぶべきものだ。

ミュンヘン市立の生産学校は州、市、ＥＵからの補助金を受け、企業の協力を得ながら運営されていた。生徒の七五パーセントがトルコ、ベトナム、タイ等の外国人系の子どもたちで、戦後、安い労働力として多くの外国人を迎えた、その子孫たちだ。

ドイツ語が上手く話せない子も多い。近年では離婚率が五〇パーセント程にもなり、親と一緒に住めない生徒も大勢いる。

生産学校のモットーは、一人一人の子どもたちが持っている能力を「揺さぶって最大限に引き出す」ことだ。

生産学校では教師の他に、社会教育の専門家も配置されていて、生徒の抱える様々な相談にのる。学校が楽しくない。勉強が嫌い。親の暴力等々。生徒たちに居場所を与え、住む所の無い生徒には市の施設から通えるようにする。一人立ちできるように援助するのだ。訓練は無料で、生産学校の仕事に携わるとポイントがもらえて買い物ができる。

十八歳までの通学青少年には親にまで手当てが支給されるという。有料にしてしまった東京都とはまるで違う。

生産学校へ入学すると、生徒は二つの科の訓練を受けることができる。これは自分の特性を見極めるために役立つ。子どもたちの力を、まず生産することに向け、その後に理論を学ぶという順で体験し、生産に導かれて学んでいくという道のりを辿る。

また就職が決まったり自信がつけば、卒業前に修了もできる。逆にもっと訓練が必要な時は、延長や科目の変更もできる。東京都のテクノスクールにはない自由さであり、生徒の一人一人が尊重され活き活きとした表情が印象的だった。手を差し伸べるとはこういうことなのだと奈緒子は実感した。

また、デュアルシステムという企業訓練と公共訓練の双方向の協力を、賃金を支給して進めていた。

このデュアルシステムの有効性を東京都も是非検討してほしいと思った。

奈緒子はＣＡＤ製図科の他に、普通課程訓練「機械加工科」の製図の授業も行っている。十代後半の若い男子生徒が大半を占め、教科書は持ってこない、漫画を読む子、ケータイをする子、教室をふらつく子など、授業が成立しない。しかし、めげず根気よく、一人でも聞いてくれる生徒があればそれを頼りに広げてゆく。

配った製図用紙に、夢中になって漫画を描いている生徒がいた。それがびっくりするほど上手だ。

「うまいね。才能あるんじゃない」

「先生本当にそう思うの」

「嘘じゃないよ。イラストレーターに向いているかも。製図の知識が加われば、きっと役に立つかもしれないわね」

何人かが集まってきた。

「すげえじゃん」

「続きは昼休みに完成させるといいね」

そしていつしか変わってゆく生徒たち。その芽を根気よく育てる。それが訓練だと思う。そのような指導員や講師の熱意と、実習という労働のお陰だ。そこをドイツではシステムとして行っているのだ。

東京都では逆行して職業訓練を有料にしてしまった。親の経済的状況の厳しい家庭の子も大勢居る。訓練についていけず、修了する頃には生徒は半数にまで減ってしまう現状だ。

辞めていった生徒はその後、どういう道を歩むのだろうか。職業訓練の救いの手を差し伸べてほしい。

ドイツでは生産学校を修了しさらに上の学校へ進む者、実社会で経験を積み、いくつかの試験を経ていく者、やがてどちらもマイスターへの道にも繋がっていく。マイスターの権威は非常に高い。日本は学歴社会だが、ドイツはそれだけではなく資格社会でもある。職業訓練からもその道が開けていると言える。

旧東ドイツ領、ドレスデンの生産学校で農業を中心にした職業訓練も見学した。案内をしてくれた先生は、「旧東ドイツの時代は、人々は貧しくとも家を持ち、失業者はいませんでしたが、ある意味では保護された囲いの中に居たようなものでした」と語った。人間にとって豊かさとは何かを考えさせられる言葉だ。しかし東西統一後、法律が何度も変わり、西側の文化も急激に流れ込んできて翻弄される。予想をはるかに超える混迷の中で、教育程度の違いに落ちこぼれる子どもたちや失業者が出た。そのために全ての人々に職業生活の道を切り開こうと生産学校が開設されたという。

将来は統合失調症、若年性アルツハイマー、精神障害者や糖尿病患者等、あらゆる障害を持った人々の受け入れを考えているそうだ。

日本の訓練行政とは全く違うと、奈緒子は改めて感じた。

ドイツはヒトラーの時代、東西に分断された時代、そしてベルリンの壁が崩壊した今日も、旧東西の差による混迷を抱えている。

しかし「弱者救済」の精神で社会の隅々にまで光を当てようとしているスタッフたちの姿に奈緒子は圧倒される思いだった。

スタッフはすべて公務員であり、非常勤という身分は存在しない。奈緒子たちが苦しんでいる、非正規と言う身分の違いは、まさに無くしたいものだと思った。「自己責任」という言葉が浮かんだ。日本はなんと無責任な国家だろう。労働組合はこのことに立ち向かわなくてはいけないのだと改めて考えさせられた。

日本では「雇用能力開発機構」の廃止・独立行政法人化が急浮上していた。政府が「職業能力開発総合大学校」と機構の廃止を打ち出し、職業訓練全体が解体の危機にさらされている。

奈緒子はドイツ研修旅行で沢山のことを学び、大きな収穫を得た。

帰国の日、ドレスデンを流れるエルベ川の土手は桜が満開だった。川岸で同行の仲間たちと「エルベのほとりで歌わん」と、ロシア民謡を歌った。

ドイツを訪れた年の年末、年越し派遣村が実現した。公共一般の青年支部である青年ユニオンと共闘する団体のもとで、日比谷公園にいくつものテントを張り、温かい食事と生活相談コーナーの開設に大勢の人が参加した。人間にとって、労働は細切れであってはならない。派遣などという働かせ方は、経験や知識の蓄積をさせない、使い捨てである。そのことを前面に出して取り組まれた。

労働相談や就職相談、生活保護申請手続きなどに長い列ができていた。働き盛りの若者もたくさんいる。この人々の再出発のために、職業訓練を活かせないだろうか。技術を身につけ自信を持って社会に出て働くことができれば、どんなに良いだろう。奈緒子は年越し派遣村の場に立って、私たちにできることは何かと考えた。

こういう時期だからこそ産業労働局（旧労働経済局）でも、枠を広げ、職業訓練という救いの手を差し伸べる必要があると思った。

組合に持ち帰って討議して「派遣切り」などによる失業者に対し、職業訓練を希望する者に、通常の訓練とは別に「緊急職業訓練」を無料で、訓練手当てを支給して実施するよう局に要求書を提出した。しかし局の回答は、その必要は認めないという、厳しいものであった。

だが「派遣村」参加者たちの行動は国を動かし、あの年末の寒さの中、日比谷公園の道路を挟んだ向かい側にある厚生労働省の講堂を利用できるようにさせた。その後もあちこちに「派遣村」が開設され、大きな力を発揮することになる。これは弱者の反撃だと思えた。

公共一般と青年ユニオンなどで作った「反貧困助け合いネット」の失業時の一時金給付制度など労働組合の幅の広い取り組みに、奈緒子は希望をみる思いだった。何々反対とばかり言っているのが労働組合ではない。救いの手がセットになっている、血の通った提案だった。

そのころ青年ユニオンでは、コンビニ店長の「薪のように燃え尽きるまで、命尽きるまで働かされた」衝撃的な四日間ぶっ続けで八十時間働いた事件の裁判を闘っていた。学生の分野の争議でも、コーヒーチェーン店で数年アルバイトとして働き続けてきた大学院生に対して、「鮮度が落ちる」という言葉を投げつけて、人格を深く傷つける解雇事件も起こっていた。

「私は物ではありません」

と、裁判闘争に立ち上がった女性の勇気を、奈緒子はたくましく思った。もう、黙って耐えることは終わりにしたい。アイ・アムで生きる。労働組合はそのことに寄り添って、時代を切り開いてゆく、そう実感させる闘いが繰り広げられていた。

第五章　パワハラ

東京都立東部テクノスクール江戸川校の「ＣＡＤ製図科」は新校舎開校と同時に一九九八年に発足した。旧校舎のような講師室は設けられておらず、講師同士の交流を阻むかのように、各科ごとに小さな講師控え室が設けられていた。講師はそこで担任と連携を取りながら授業を進めてゆくことになり、そのために講師全体の交流ができにくくなった。

担任は東京都の職員で、各科に複数いる講師を纏めながらクラスを運営してゆく。早い人は一年で、長くても五年もすると皆、異動して行った。講師の方は長いことそのクラスに専属となって、講義や実習を担当している。

奈緒子はＣＡＤ製図科の非常勤講師として、ここで十数年働いていた。トレース科の二十四年を含めると、今では江戸川校一、二を争う古株になっていた。

奈緒子は今まで何人もの担任と組んで授業をしてきた。

生徒の前でいきなり講師を怒鳴りつける担任や、出講してきた講師に、「授業の予定を変更したから今日は帰ってください」と出講扱いにしないなど、そのような担任は確かにいた。しかし、殆どの担任は生徒のことを思い、講師も大切にする人たちだった。奈緒子はこれまでは担任と良好な関係を築けてきたと思っている。

一年契約で、毎年正月を迎える頃になると、来年度も雇用は継続されるのだろうかと不安を抱えながらも、こんなにも長く職業訓練の非常勤講師をやってこられたことは、人と関わるこの仕事が好きだったからだろう。そして何といっても労働組合があってこそ雇用を守り、非常勤講師たちの様々な要求を毎年産業労働局に提出して実績を積んでいったからに他ならない。

二〇〇九年四月十日のことだった。奈緒子は今年度最初の授業で出講し、辞令交付というささやかな儀式を受けることになっていた。三時の休憩時間に校長室のドアをノックした。

「どうぞ」という声で中に入ると、校長と庶務課長が自動車整備科の非常勤講師に辞令を交付するところだった。

「今年度も宜しくお願いいたします」

校長はそう言って発令通知書を手渡した。

「ありがとうございます」

講師は卒業証書を受け取る時のように右手、左手と差し伸べ深々とお辞儀をして、後ずさりながら奈緒子の隣に並んだ。次は奈緒子の番だ。

「村井奈緒子殿」

呼ばれて前に進んだ。

「東京都テクノスクールＣＡＤ製図科非常勤講師に任命する」

校長は読み上げた。

「宜しくお願いいたします」

と、言って発令通知書を受け取った。

奈緒子たちは庶務課長に連れられて会議室に移った。そこにはすでに辞令交付を済ませた数名の講師が席についていた。

「講師の皆様へ」という冊子が配られて内容の説明が行われた。服務の心得、身分と任用、職務、任期など例年とほぼ同じ内容の説明があった。違ったことといえば〈セクシャル・ハラスメントを無くすために〉という資料が付いていた。どういう行為がセクシャル・ハラスメントに当るのか事例をあげて解説していた。

奈緒子は今もらった発令通知書に目をやった。例年同じ内容の繰り返しだったので、気にも留めていなかったのだが、突然六百五十二時間以内という文字に吸い込まれた。ＣＡ

D製図科になってから今まで、年間七百時間であった。

松本担任からは昼休みに、今回の訓練生は男女ほぼ半数ずつで年齢は二十代から六十代まで、例年並みですと、最初の授業のための連絡を受け、

「三時には辞令交付がありますから校長室へ行って下さい」と言われた。

発令時間などについては何ひとつ触れられていなかった。何かの間違いだろう、話せば分かると思った。まだ最後の授業があるので教室に向かった。

授業を終えて控え室に引揚げると、松本は机に向かっていた。その背中に話しかけた。

「先生、辞令交付が終わりました」

と、声をかけたが松本はしばらく背中を見せたままでいた。

「発令時間が六百五十二時間でしたが、七百時間の間違いですよね」

すると松本は向きを変え、

「お話ししようと思っていたのですが」

と、話し出した。

「村井先生の担当してきた機械製図の時間を一期十二時間減らし、四期で年間四十八時間減らしました。減らした時間数で機械製図の一部を私が担当することにしました」

驚いたことにそれは間違いではなかった。あまりにも無茶苦茶な話である。奈緒子に何の相談もなく、校長から辞令をもらって、初めて知らされたことの衝撃は大きかった。今

日の授業も最初のページから始めたのだが、生徒はすでに四月一日の入校式にガイダンスを済ませ、一回目の機械製図の授業は行ったと松本は言った。奈緒子は同じところを今日もやった訳だ。

「私はトレース科時代から今日まで、ずっと機械製図の座学を担当してきました。何の相談もなく、すでに一回目の授業が始まっていたことすら告げられず、こんなことは初めてのことです。私に何か落ち度でもあったのですか」

奈緒子は問い質した。

「四十八時間は村井先生の持ち時間からみると僅かだから、影響がない範囲だと思います」

聞きにくいほどの小さな声だった。奈緒子の心臓は激しく打っていた。講師の時間数は給料なのだ。給料が無断で減らされて、許されるはずがない。

「それで生活しているのですから影響は当然あります。何故話していただけなかったのですか」

四十代前半の松本は昨年、産業技術センターが独立行政法人となったため、そこに留まらず公務員の道を選んで職業訓練を希望したとのことだった。松本からは金属に関する研究のことを、この一年たくさん聞かされてきた。研究者であった誇りが松本を支えていることを感じた。しかし、事務は全くできず、滞るばかりだった。学校側では見かねてアルバイトの事務員をつけたが、それでも足りず、建築担当の非常勤講師の片桐芳江に、エクセルで出席簿の整理や時限表の作成などを手伝ってもらっていた。

松本は、何も言えず立ち尽くしていた。

「私の減らされた四十八時間は、すべて松本先生の授業の分ですか」

と、奈緒子は更に聞いた。各科に割り当てられる授業時間数は教程に従って枠があり、そこは変えられないはずである。

「いやすべてではありませんが、片桐先生の建築の授業を少し増やしました」

やはり、そんなことではないかと思った。

「片桐先生は家庭の事情で個人的に困難な問題を抱えていて、働かなくてはならないということですので」

奈緒子は唖然とした。事務を手伝ってもらっている見返りなのだろうか。

「それは公私混同ではないでしょうか。私には納得ができません」

「時間数を減らしたのは、村井さんのためを思ってのことでもあるんですよ。六十歳を越していますし、疲れも出るでしょうから、ＣＡＤは目にも辛いでしょう」

「ご心配をおかけしているのですか」

と、奈緒子は聞き返した。

「もっと専門的な金属の解析とか、高度の授業もしてみては如何かと思います」

ここは産業技術センターではない。この人は、生徒のことを何も分かっていない。六ヶ月訓練のCAD製図科は、職業転換訓練だ。応募する人たちは図面には全く関わりのない仕事をしてきた人が殆どだ。入校三ヶ月で、機械製図の基本的なことをしっかり教えなくてはならない時期なのだ。

「もっと若い優秀な、学歴も高い、講師を増やしたいと、考えているところなんです」

奈緒子は一瞬耳を疑った。

「私は若くはありませんが、テクノスクールには私のような経験者が必要だと思っています」

心が壊れそうに打ちのめされた。学歴がこの人の尺度なのだ。

「村井先生の他に木内先生も減らしましたが、何も言われませんでしたよ」

木内健史は自宅で設計事務所をやる傍ら、非常勤講師をしている。ここでは逆らえず本音を言えなかったのではないだろうか。

「私は、納得できません。それに、労働条件を前もって知らせない東京都や校もおかしいです」

担任はぎょっとした顔で奈緒子を見つめた。

「なぜ、予め私に言えなかったのですか。こんな大事なことを担任ではなく校長からもらった辞令で知るというのは、あまりにも情けない話ですよね」

しかし、松本はそれには一言の弁解も説明もできず、ただ黙って突っ立っているだけだった。

「松本先生、私はこのように何の相談もなく発令時間が削減されたことは、今まで一度もありませんでした。そのような担任は居りませんでしたよ。私は労働組合をやっていますが、局交渉で変更のある時は三ヶ月前までに本人に知らせること、と要求しています。今日のことは納得ができませんので、校長など上の方にも聞いてみます。労働組合にも相談します」

そう言えば昨年十二月、休暇を申し出て断られたことがあった。身内の葬儀だった。考えられないことである。

「休暇は前もって申し出るものです」と松本は言ったのだ。

講師には忌引休暇はない、有給休暇を使うしかなかった。松本はその有給休暇を断ったのだ。通夜のみで葬儀に行けなかった悔しさが蘇ってきた。

何も言わず立ち尽くす松本に、

「それでは、労働組合に相談させていただきます」と、言って奈緒子は控え室を出た。

奈緒子が公共一般に電話を入れると、ちょうど織畠に繋がった。

「いよいよきましたか。それは村井さん、勝てますよ。今日担任に言われたこと全てメモに取っておいて下さい。これからもしっかりと記録しておくと良いですよ」

その夜、奈緒子はなかなか寝付けなかった。明け方のまどろみの中で「ドン」という大きな音を聞いた。ああ夢だったのか。小学生低学年のおかっぱ頭の奈緒子は、校庭に引かれた真っすぐな太い白線の中ほどに並んでいる。両足を前後に大きく開き、手は胸の位置に拳を握っていた。

「よーい、ドン」六人が一斉に駆けだした。

夢はこの音だったのだ。

いつだったたか、まだ労働組合も結成されていない頃「正規と非正規は違って当然なんだ。何故ならば、正規は競争試験を受けてきたんだから」と、ある講師の人から言われたことがあった。当時はそんなものかと思った。でもやっぱり不平等だ。あの夢に見たスタートラインのように、みんな同じ位置から駆け出したのではない。もっと遡れば生まれた時から差別の只中にあるのだ。中学生で父を亡くした奈緒子は早く働いて母を助けたいと思った。当然大学へ行くことなど考えられなかった。

「高学歴の講師が欲しい」それが松本の基準なのだ。今朝はあの真っ白な線が、平等の証のように輝いて奈緒子の夢に登場したのだ。

昨日の経緯を書いたメモを持って、奈緒子は大塚の公共一般本部事務所へ行った。織畠はメモにざっと目を通すと、

「村井さんの希望は、時間数を元通りの七百時間にすることですか」と聞かれた。

もちろんそれもあるのだが、昨日の担任の言動は決して許せない。

「私は心から謝罪してほしいです。その上で元の時間にしてもらいたいです」

「そうでしょうねえ、しかし松本という人はそう簡単に謝るだろうか。組合から産業労働局の訓練担当課長に電話すれば、すぐに時間数は元に戻ると思うけど、公務員というのはなかなか謝らないんですよね」

確かにそうだ。

「どうでしょう、上からガツンとやるより、まず校長に話してみては如何でしょうか。校を巻き込んでやりましょう。村井さんもご存知のように組合では、非常勤講師の雇用や時間数などの変更がある時は、三ヶ月前までに本人に通知することという要求書を、毎年出していますから、新学期が始まってから削減を知るなんて、めちゃくちゃですね。校長が何と言うか見ものです。それから組合が前面に出てゆきましょう」

まったくそうだ。奈緒子はその足で江戸川校へ向い、直接校長室のドアをノックした。

「どうぞ」

という声でドアを開けると、校長は応接用のソファーに腰かけていて奈緒子を見上げて立ち上がった。小柄な年配の校長は、昨日の辞令交付の時より物静かな感じがした。校長は奈緒子の話を頷きながら聞いていた。

「今まで変更がある時は前もって相談されました。私に落ち度があるのでしたら改めますが、昨日担任に言われたことは私を深く傷つけました。もっと学歴の高い講師がほしいそうです。これはパワハラとしか思えません」

校長は何の意見も挟まず、奈緒子の話を最後まで聞いて、

「パワハラは、受けたご本人がそう思うかどうかが一番大切なことです」

と、話し出した。

「村井先生にそんな言動をしたことは大変申し訳なく思います。本人にも聞いてみますので少し時間を頂けますか」

「解りました」

奈緒子は少し気を取り直してその場を辞した。

しかし、一週間たっても何も言ってこない。それから担任は奈緒子を明らかに避けるようになっていた。奈緒子は再び校長室を訪ねた。

「ああ、どうも松本君が自分には落ち度がないと言うので、今説得をしているところです」

「校長先生、ご存知のように私は公共一般という労働組合に加入しています。今日までお待ちしましたが、組合に仲立ちしていただこうと思います」

「ああ、そうですか」

校長は少し困った表情を見せたが、

「松本君は訓練のことがまだよく分かっていないようで、村井先生にはご迷惑おかけしています」と申し訳なさそうに言った。

その日、木内講師にも電話をして、

「一緒に時間数を元に戻しましょう」

と、誘ってみたが、

「僕はよいですよ。本業の方もあるからね」と断られた。しかし木内は自分の分まで是非頑張って下さいと、奈緒子を励ました。

組合から産業労働局へ織畠の書き起こした要求書を提出した。

「テクノスクール江戸川校非常勤講師、村井奈緒子への発令時間の不利益変更に関する問題について、直ちに労使協議を行うよう申し入れます」という文章で始まっていた。

「四月十日校長より交付された村井奈緒子の発令時間は、前年度より四十八時間削減されていた。これは次期契約内容の一方的不利益変更を、本人への事前説明や、納得を得るための合理的な理由の明示努力もせず、しかも年度明けの事後に通知するという、いずれも容認しがたいやり方になっています。

いうまでもなく、産業労働局は、長年訓練業務に貢献してきた非常勤講師に対して、そのつどの契約更新に際しては、当然ながら労働条件等の事前明示義務並びに不利益変更原則禁止に関するコンプライアンス義務があります。従って正当な理由のない発令時間の不利益削減は行わず従来の七百時間を維持するよう求めます。

今回の授業時間数削減は、上司である担任による明らかなパワーハラスメントを伴った削減措置であることが事実として認められます。労働組合としては到底看過ごすことのできない問題です。こうした校の問題について産業労働局側には具体的な措置を速やかに講ずる責任があります。

以上、二点について協議を早急に行うよう申し入れるものです。なお、誠意ある回答がなされなければ、東京都労働委員会に申し立てすることもあります」と結んでいた。

この事件は局側でも担任の非を認めて、何度かの団体交渉を経て間もなく解決した。東部テクノスクール江戸川校で謝罪式が行われることになった。校長室には、組合側から織畠が参加し、産業労働局の調整課長と東部地域センター長と校長、担任が揃って待っていた。

冒頭、四者が奈緒子と織畠に向かって「今回のこと、大変申し訳ございませんでした」と、深々と頭を下げた。局の課長は「今回のことで職員向けのリーフレットを二千部作成しました。局内研修で改めて徹底させます。その中にセクハラ・パワハラ防止策のチェックリストも加えました」と述べた。

そのあと校長は四月十日の辞令交付の時のように、再発行された七百時間と書かれた発令通知書を恭しく差し出し、奈緒子もあの時のように受け取った。

　奈緒子は織畠を校門まで送った。

「これが謝罪式というものかね。担任は一言も発しなかったね」

「そうですね。一番大切なことは、本人が謝罪の気持ちをきちんと言葉で言うことだったのにね」

「今後、加害者と被害者が一緒に過ごすのもおかしなものだ。次は早く松本を異動させようじゃありませんか。村井さんの粘りが局を動かし、校を変えてゆく力になったんだよ」

と労ってくれた。

　控え室へ戻ると、松本が待ち構えていた。

「私は、自分のしたことは間違っていないと今でも思っていますよ。でも上からあんな圧力をかけられては、ああする他なかった」と、いかにも悔しそうに言った。

　これではパワハラの上塗りである。もう一度闘いますか、と聞きたいくらいだった。

　松本には心からの謝罪は、到底望めない。

　しかし、この悔しさを、吹き飛ばすように、

「時間数が元通りになって、本当に良かったです」と、自分でも意外なほど明るい声で奈緒子は言い放った。それは松本の思いを断じて聞き入れませんという意思表示でもあるかのようであった。

学歴社会がまかり通っている。自分より少しでも上に見える者に対してはへつらい、下の者にはうっぷんのはけ口にするかのようにパワハラが行われる。

奈緒子の受けた生傷は、時として傷んだ。

それからの数ヶ月間、松本は奈緒子と顔を合わせるのを極力避けて、ろくに口も利かなくなった。

奈緒子は返事をもらえないと分かっていても、授業の進捗状況や生徒の様子など、連絡の為のメモを書いて担任の机に置いた。

こんなことで負けるものか。これがパワハラに負けない精神だ。担任は姑息な行いを重ねながら、自らますます落ち込んでゆくように見えた。

メモを机に置く時、ふと気の毒な気持ちにもなった。大学を出て研究者への道を歩んでいた者が、市場化テストや独立行政法人化や民営化など、本人の意に反して、押し寄せる合理化の波にさらわれ、研究者の道を絶たれたことは、松本も犠牲者の一人だったのかと、ふと思うことがある。

「私は公務員一般職の道を選んだのです」

と、事あるごとに言っていた光景を思い出す。そこには研究者に留まれなかった悔しさが滲み出ていた。

松本は翌年三月、東京の東部から西端のテクノスクールに異動させられた。組合の追及の刃は都庁内に深く刺さったようであった。

テクノスクールにも民間委託の波が押し寄せている現状だ。テクノスクールだけではない、公務職場はどこでも、すさまじい勢いでアウトソーシングが進められていた。公共一般では、たとえ委託されても、そこで働く労働者も共に委託先で継続して雇用してゆくための闘いが続けられていた。

一方公務員労働組合は、公務から切り離された委託先まで、手を伸ばすことはできない。そのため当局との闘いにおいても次第に右傾化してゆく傾向にあった。そのような中で、公共一般は闘う労働組合として嵐の最前線で防波堤となって闘いを続けていた。

その頃、公共一般では保育や図書館など職種別ユニオンが次々と発足した。テクノスクール講師分会も職業訓練ユニオンと名称を変更した。

「職場を守れ、首切りさせるな」職場に労働組合がある限り、砦となって労働者を守る。そんな激しい闘いの最中だった。

二〇一〇年十月、奈緒子は公共一般の大会で中央執行委員長に選出された。

自分は先頭に立てない人間だと思い続けていた奈緒子であったが、非正規の組合には非正規の代表が必要だと言うことも十分分かっていた。織畠の強い説得もあり迷いを吹っ切って奈緒子は決意した。

「村井さん、委員長の初仕事だよ」

それは杉並区の施設で働くベテラン非常勤職員二名が、そこの委託業者から解雇を言い渡された事件で、二人は公共一般杉並支部の中心的な役員だった。明らかに組合員であることを嫌っての解雇だ。何度も団交を持ったが、業者は今の人数で十分仕事は回せるなどと様々な理由をつけて四月より首切りを強行した。公共一般は東京都労働委員会へこの事件を持ち込んで闘いを始めた。しかし業者側の態度は硬く、時間が過ぎてもなかなか進展がなかった。

事態を動かしたのは職場に残っていた組合員たちだった。自分たちの働く時間を少しずつ出し合って二人を呼び戻す、ワークシェアリングを提案したのだ。働く時間を削れば、自分たちの給料を減らすことになる。しかしここに、二人が仲間からどれほど必要とされていたか、二人が仲間を揺るぎなく信頼していたかが表れていた。会社の労務は「こんなワークシェアリングなんて前代未聞だ」といってせせら笑っていた。

しかしこのワークシェアリングの申し出に、東京都労働委員会の公益委員が感動し、解決に向けて動き出した。その結果組合員は労働時間を確保したうえで、二人の職場復帰を勝ち取ったのだ。団結の知恵の威力を示した見事な闘いぶりであった。

その調印式が都庁の労働委員会で行われる。委託業者の「正和建物」は、恰幅のいい社長が名古屋の本社から出向いて来ていた。公共一般委員長の奈緒子が織畠と共に顔を出すと、「女性の委員長さまですか」と名刺を差し出して挨拶した。

「はい、遠い所をありがとうございました」奈緒子も名刺を出した。

長期にわたる厳しい闘いを終えた後にしては、和やかな雰囲気が流れていた。

労働委員会より差し出された和解文書にそれぞれ押印し、割り印をした。晴れ晴れとした気持ちだった。都庁を後に織畠は待ちきれずに言った。

「勝利集会を盛大にやろう」

奈緒子の目の前には、組合員たちの喜び合う笑顔が広がった。


二〇一一年三月十一日、奈緒子はテクノスクールの出講日だった。午後、四階のCAD室で生徒十五人にCADの実習をしていた。

「その四角形の角を大きく拡大してごらん」

生徒は角を囲って大きく引き伸ばした。

「ほら、間があるでしょ」

全体を見ていると、良く描けているように見えるのだが、作図が少々雑だった。

今引いた線は、結ぼうとしている線の端点を捉えていなかった。

「端点を光らせて、ちゃんとつかんで描かないとね」

「え、どうして分かったの」

「どうしてかな、いっぱい歳とっているからかもしれないわね」

「えっ、経験があるからっていうこと」

「まあ、そういうことかもね」

そんな会話の最中、その画面がパッチと切れて真っ黒い画面になった。

「どこか触ったでしょ」と奈緒子はその生徒の肩をポンとたたいた。

「何にもしていませんよ。本当だよ」

その時だった。

突然、宙に放り出されるような衝撃的な揺れが襲いかかった。一瞬恐怖に身が凍えた。生徒の慌てふためく姿に、奈緒子は自分を立て直して大声で叫んだ。

「地震だーぁ」

ぐらつく教室の床を移動して、廊下側の前のドアを開け避難路を確保した。全員の生徒が席を立ち、中腰になって机にしがみついている。あの黒い画面は何だったのだろうと頭をよぎった。

強い揺れはかなり長く続いて、生徒たちは恐怖を露わにしていた。

「横揺れだよ、だいじょーぶ、大丈夫」

確信があったわけではなかった。しかし、奈緒子の大声に生徒たちはフーっと我に返ったように落ち着きを取り戻していった。担任の小野田和雄が駆け込んできて、「みんな、廊下に出よう」と大声で叫んだ。小野田は生徒の数を何度も数えていた。小野田は松本の後に赴任してきた担任だ。奈緒子たちは一塊になって階段を使って校門前の庭に出た。

他の科も集まってきていた。揺れはまだ収まらず、地面が水面のように波打ち左右に揺らいでいる。電信柱が電線を振り切るように揺れていた。訓練課長がハンドマイクを持って二階から下りてきたが、全校生徒のどよめきの中で、何を話しているのかまったく聞こえない。あの黒い画面は、もしかしたら地震の前ぶれだったのかもしれない。ふとそう思った。

生徒が携帯電話から得た情報によると、東北地方で大地震が起こったようだと言う。予想をはるかに超える長い揺れで、いったん収まったかのように思えたが、再度の大揺れが襲ってきた。校舎の外壁に亀裂が入った。

生徒は帰宅させることになり、いったん教室に戻ってパソコンを閉じた。先ほどの生徒は再起動してから問題なく閉じられた。奈緒子は「ごめんね」とその生徒に謝った。

交通機関が殆ど止まっていた。帰れない生徒や、一度帰りかけた生徒が戻って来て、江戸川校で生徒と職員三十人余りが、その晩校舎内に宿泊した。公共施設であるテクノスクールは災害に対し、役割を果たした。

すぐ近くの区役所は小道を挟んで庁舎が並び、二階の渡り廊下で繋がっていた。それが、片側が落ちて一方の端だけで、無残に空中に吊り下がっていた。

東日本大震災は、その後の原発爆発事故と重なり、戦後日本が体験する初めての最大級の混乱の中にあった。

刻々と伝えられる東北の惨状に私たちは何ができるのだろうか。ＣＡＤというものづくりに関わって、訓練生と共に考えてゆきたいと奈緒子は思った。

震災後、応募してくる訓練生には被災地から避難して来る人が、何人も続いた。不安で訓練に身が入らない生徒もいる。そんな中、担任の小野田は、

「原田はしようがない奴だ。訓練をやる気がなくて、高級な団地にタダも同然に住まわしてもらっているのに、東電と裁判なんかやっているらしいよ」と講師たちの前で非難した。

奈緒子には今の小野田の言葉は許せなかった。とっさに、

「裁判がどうしていけないのですか」と言った。

小野田は一瞬、奈緒子を凝視したが何も反論できなかった。他の講師もその場では何も言わなかったが、小野田の肩を持つ者は誰もいなかった。本人の原田がいなくてせめてもの救いだった。

奈緒子は機会をとらえて原田に、「原田くん、裁判頑張ってね、応援しているから」と告げた。

福島県の海沿いの街から避難してきた原田は目を丸くして奈緒子を見やった。やがて顔一面に喜びの表情を見せて、「頑張ります」と言った。

原発被害がどれ程、被災者を路頭に迷わせているか、伊藤幸子も不安の中にいた。

「先生、私と子供は東京に避難してきたけど、夫はまだ福島で働いています。お祖母ちゃんも一緒ですが、家族ばらばらになって、この先どうなるのか不安でいっぱいなんです」

原田は何とか修了までこぎ着けたが、伊藤は途中から来なくなってしまった。担任に住所を教えてほしいと頼んでも、個人情報は教えられないと断られた。何もできない自分に奈緒子は無性に腹立たしかった。

非常勤講師たちは様々な資格を持ち技術の全てを発揮して復興に役立ちたいと考えていた。江戸川校においても電気の授業を担当している講師が、電線設置のために仙台に赴いた。建築士は建物相談窓口に参加し協力した。

公共一般でも、現地ボランティアに行く人がたくさんいた。奈緒子も行きたかった。しかし、かえって足手纏いになるよと言われて、まったくその通りだと反省した。労働組合として何ができるか支援をしたい。執行委員会の会議では様々なアイディアが飛び交ったが、それを形としてあらわしたのは「三・一一震災支援コンサート」だった。

新国立劇場を相手に不当解雇を闘っているソプラノ歌手の樫田八重子氏に全面的に協力をしてもらった。千葉県市川市の文化会館大ホールが、お盆の只中に空きがあり予約ができた。

収益のすべてを千葉県内の被災地に届けようと計画が練られていった。

音楽家ユニオン・千葉フィルハーモニー管弦楽団・県内の声楽家・東京争議団・地元の議員・新婦人の会等、多くの協力と出演で千葉県内に避難した被災者を招待し、互に励まし合う心温まるコンサートとなった。

奈緒子も主催者の代表として挨拶をした。収益は千葉市と浦安市、旭市の被災地に義援金として各市長に直接手渡した。


二〇一三年の成人の日は珍しく大雪だった。奈緒子は絶え間なく舞い降りてくる雪を、硝子戸越しに見つめながら、この三月、テクノスクールの非常勤講師を更新するかどうか、自身に問いかけていた。更新すれば講師生活四十年となる。若い時のようにゆかない体力は気になる。そろそろゴールが近づいたようにも思える。

雪は止みそうになかった。翌日、奈緒子は工藤の見舞いに行こうと決めていた。

工藤は、ＣＡＤ製図科の前身であるトレース科時代の担任で、東京都の元職員であった。病院は、千葉県四街道にある。この雪だともっと積もっているかもしれない。

工藤とは二十年を越える長い交流がある。数々の思い出が浮かび上がってきた。

奈緒子は結成されたばかりの労働組合に入って役員を引き受け、非常勤講師の待遇改善に取り組んでいた。都内二十数校あるテクノスクールの講師から寄せられる様々な問題と関わった。殆どが担任とのトラブルが多く、担任に嫌われることは職を失うことでもあるかのように、非常勤講師たちは身分の違いからくる不安を常に抱えていた。

「もう来なくていいと言われた」

「講師時間を半減させられた」

など、時には逆に、担任が異動する時に、お気に入りの講師を一緒に異動先に連れて行ってしまうこともあった。その穴を、残った非常勤講師で埋めなくてはならない。

組合の役員として、様々な事態に対応しながら講師たちに寄り添う奈緒子を、工藤はどう見ていたのであろうか。幸い工藤との間には何のトラブルもなく数年を過ごし、工藤は他校へ異動して行った。

一九九八年新校舎のＣＡＤ製図科は、ずらりとパソコンを並べた真新しい教室でスタートした。その初めての授業を終えて帰る時だった。受付窓口から「村井先生」と呼ぶ声がして、振り向くと、工藤の顔が覗いていた。

「あら、先生、お懐かしい」

奈緒子は思わず大声で叫んでしまった。

「再雇用でまたここでお世話になります」

と、にこにこと話しかけられたのだ。

「まあそうですか。こちらこそお世話になります」

奈緒子は何年かぶりの再会を喜んだ。

奈緒子が工藤の年齢を知ったのは、この時だった。年齢不詳でいつも若々しくユーモアたっぷりの工藤は、生徒に人気があった。

「これ、挨拶状です」

と手渡された封筒を家に帰って開けてみると、チューリップの花が飛び出てくるペーパークラフトのバースデーカードだった。ちょうどその日は奈緒子の誕生日だった。

それからは出講するたびに受付に座っている工藤を見かけた。

工藤との、この第二ステージともいえる出会いは、五年間続いた。定年後始めたというペーパークラフトは、ぐんぐん腕を上げてゆき、複雑な立体が飛び出してくるカードへと上達していった。

「先生は私の誕生日を知っているのに、私は先生の誕生日を教えてもらえない。これは職権乱用で不公平ですね」と冗談を言いながら、いつも奈緒子だけがプレゼントをもらっていた。

五年が経ち再雇用の終了と共に第二ステージは終わった。四月から受付には別の男性がその席に座っていた。奈緒子にとって工藤のいないこの風景は少々寂しいものでもあった。

しかしこのプレゼントは途切れることはなかった。奈緒子の誕生日のその日に、家のポストに工藤から封筒が郵送されてきた。桜の花びらが飛び散って出てくる見事なカードだった。

奈緒子は何のお礼もお返しもしていない。これを第三ステージとするならば、毎年、自分が忘れていても、飛び出すカードが誕生日を教えてくれた。そしてこのステージは十年続いた。

昨年の正月、工藤の年賀状は、松の内を過ぎても来なかった。数年程前から、リュウマチと仲良く付き合っていますと、洒落た言葉を使いながら、体調のすぐれない様子も伝わってきた。最近のカードは不自由な手で作っているのだろうと容易に想像できる作品となっていた。

今年も年賀状はかなり遅く届いた。「とうとう入院しました」と書いてあった。どこの病院だろう。是非とも見舞いに行きたい。奈緒子は考えた末に、思い切って自宅に電話を入れることにした。

「主人から誰にも言わないように言われていますので」と奥様は困った様子だったが、テクノスクールで大変お世話になったことを伝え、お見舞いをしたいと率直に頼んだ。

昨日の雪がたっぷりと積もっていた。奈緒子は真っ白な雪景色の中、長靴を履いて総武線快速で四街道の元の国立病院に見舞いに行った。昔陸軍の施設だったとか、広々とした敷地の中は、雪の白さが眩しい程だった。

工藤には突然のことでもあったので「テクノスクールの村井です」と名乗ったが、しげしげと奈緒子を見て「村井さんとは違うよ」と言った。

奈緒子は笑い出してしまった。無理もないことだ。髪も白さを増した。十年という年月は奈緒子をすっかりおばあさんにしてしまったのだろう。小さな花束をサイドテーブルに置いた。

「きれいだね」

工藤はパジャマ姿であったが昔と変わらない表情だった。多少変形した手で歩行器につかまり食堂のコーナーに移った。奈緒子への記憶がだんだん蘇ってきたのか、楽しそうに、それから二時間近くも話し続けた。テクノスクールのこと、趣味の鉄道のこと、カメラのこと、旅の思い出など、話は尽きなかった。

「先生、三月に更新すれば講師生活四十年、もうそろそろゴールかなって思うんですが」

「何を言っているんですか、まだまだ頑張りなさい。私よりずっと若いんだから」と奈緒子を勇気づけた。

最後に工藤はこんなことを言った。

「私は長いこと働いてきて、つくづく思うのですが、私たちの働いた税金が、鉄砲の弾になってしまうことだけは悲しいです」

奈緒子は、驚きの思いで工藤を見つめた。痛烈な戦争批判の叫びだった。

以前「いま有楽町で『白バラの祈り』をやっているよ。是非見るといい」と勧めてくれたこともあった。今、ありありとその言葉を思い出した。

トレース科時代、貧困は訓練生の中にも押し寄せていた。工藤は朝食をとってこない生徒のためにカップラーメンを段ボール箱いっぱいにして常に置いていた。

「葛飾北斎はすごい人だね」と北斎漫画展の入場券を贈ってくれたこともあった。

北海道奥尻島の大地震のお見舞いカンパを集めていたら、

「労働組合がここまでやるのですか」と多額のカンパをもらった。

工藤の人々に向ける目はいつも優しかった。何故もっと沢山のことを話してこなかったのだろうか。正規職員と非常勤という壁を壊せなかったのは、むしろ奈緒子の方だったのかもしれない。そう思うと、奈緒子は情けないほど後悔の念にかられた。

工藤はふと窓の外に目をやると、

「ああ、雪が降ったのですか」

今気が付いたかのように呟いた。奈緒子も長靴を履いてきたことを思い出した。

「ここにいると、外のことは何にも分からないんです。今日が何日だかも忘れてしまうのですよ」

そして奈緒子に視線を向けると、

「今日は良い日だった」

と、にっこりと笑った。

「先生、又来ますね」

歩行器につかまって立ち上がった工藤をベッドまで送った。左手首の白い輪っかに名前と生年月日が記してあった。今度は奈緒子がその誕生日に、あっと驚くような素敵なプレゼントをしようと思った。

「ここは三ヶ月経つと追い出されてしまうんですよ。年をとってからは辛い仕打ちですね」。奈緒子は深くうなずいて、

「又来ますね」と病室を後にした。

十年ぶりの再会を果たし、奈緒子は雪景色の中を家路についた。


二月、奈緒子は書類を整えて非常勤講師を更新した。

長い長い四十年の職業訓練、最後の一年になるかもしれない。工藤が背中を押してくれたからだ。

しかし、その工藤も、あの雪の日の見舞いの後、その年の桜の咲く前に亡くなった。家族から知らせが届いたが、どう考えても信じられない思いだった。もしかして誕生日にカードが送られてくるかもしれない、そんな思いにかられてポストを見にいった。

奈緒子と同じ立場にある東京都の非常勤職員に東京都消費生活相談員がいる。そこへ五年有期雇用が導入されようとしていた。これに対して、都との話し合いの場である団体交渉を申し入れたが、生活文化局はいっさい応じない。そのため東京都を相手に裁判を起こした。

これまでは地方公務員法により、民間の労働者と同じ労働基本権が全て保障され、特別職として労働組合法が適用されていた。しかしそこを取り払い、五年で切り捨て自由、低賃金もそのままに、スト権と団体交渉権など労働基本権が奪われることになる。

雇用継続を希望するのであれば、一般公募に応じるべしということだ。二〇一二年度で更新限度となる。五年雇止め撤廃を求めて公共一般に結集した分会員たちは、「管理運営事項」だとして団体交渉に応じない生活文化局と対峙した。

消費生活相談員たちは、広範な知識と豊かな経験を持ち、専門職として確固たる誇りを持って仕事に当たっていた。特別職を一般職とすることは、例え東京都が押し切ったことであっても、全く納得のいかないことであった。その闘いの最中で、組合員は公募を受ける用意も着々と進め応募し、全員の雇用継続を勝ち取った。

東京都側は東京都労働委員会から中央労働委員会へ更なる再審申立をしたが、組合側が再び勝利命令を勝ち取る結果を得た。だがなおも東京都は行政訴訟へと執拗に上訴を繰り返した。

しかし、ついに公共一般は勝利を迎える。二〇一四年二月七日、最高裁判所は「東京都団交拒否事件」の東京都の上告を却下する判決を下した。

「たとえ東京都がいう『管理運営事項』であっても雇用・労働条件の変更に関する限り団体交渉に応諾すべき義務的事項である。東京都は誠実に団体交渉に応じること」

と命じた。東京都は都労委・中労委・地裁・高裁・そして最高裁と五度の断罪を受けた。公共一般の天晴れな勝利だった。

第六章　解雇

消費生活相談員「東京都団交拒否事件」の最高裁判決は、東京都の上告を却下した。東京都はたとえ「管理運営事項」であっても、雇用・労働条件の変更に関する限り、誠実に団体交渉に応じること。

この判決を武器に、消費生活相談員に続く闘いがいくつも重なり合い、奈緒子は公共一般の委員長として、勝利した闘いの協定書の調印式や勝利集会・記者会見と忙しい毎日を過ごしていた。

東京都側から見れば公共一般という労働組合は途轍もない力を発揮する厄介な存在であった。どんなに困難にみえる争議であっても、次々と打開策を探しあてて勝利させる。まるで魔物のような強靭な組織体に見えていたことであろうか。

東京都は「都庁内に争議を構えるような組合は断じて認められない」という強い意志を

変えなかった。そして煮えたぎる執念で組合潰しにかかってくることは明白であった。御上はいつの時代も歯向かう者には容赦しないのだ。それがどんなに生きてゆくことへの人々のぎりぎりの呻きであっても、権力者は聞く耳を持たない。それほど非正規労働者のストライキを嫌悪したのだ。

次のターゲットとなったのは、職業訓練テクノスクールの非常勤講師たちであった。

二〇一四年十月二十日、奈緒子はＣＡＤ製図科担任の小野田から午後の休憩時間に校長室に行くようにと告げられた。

「私がお連れします」

と、慇懃に言う。その瞬間、何かが起こると思った。

予想通りだった。校長室には藤沢校長の他、東部テクノスクールの数校を統括するセンター長も同席していた。

「村井先生をお連れしました」

そう言うと担任はすぐに退席した。

センター長は産業労働局の調整課長をしていた時代があり、奈緒子と団体交渉の場で面識があった。何を告げられるのだろうと、緊張した。

「村井先生、お呼びたていたしまして、すみません」

センター長は微笑みを浮かべながら言った。

「実は民間でやれるものは民間でということで、この度、ＣＡＤ製図科は来年四月より民間に委託することになりました。つきましては一月生の募集はやりませんので、村井先生には身の振り方を考えていただきたい」と、一気に話した。

いきなりの解雇宣告だった。奈緒子は息がつけないほどだった。

「三月までの時間数はお支払いいたします」

センター長はそう付け加えた。

「一番先に公共一般委員長の村井さんにお話ししました。今後随時ＣＡＤ製図科の先生方に話してゆきます」

まったくの抜き打ちだ。校長も担任もその素振りさえ見せなかった。驚きのあまり言葉が出てこない。

奈緒子は心の中で「私は公共一般の委員長だ。非正規の代表だ。奮い立て」と、自分を叱咤した。やっとの思いで気持ちを立て直して、

「私どもの公共一般労働組合では民間委託に反対しています。たくさんの問題が組合に寄せられています。公共の宝を投げ出すことは決してしてはいけないことです。今日の話はすべて組合に持って帰ります」

と、言った。

「まだ誰も知らないことですので、どうかオフレコにして下さい」

と校長は頭を下げた。何と卑屈なことだ、咄嗟に奈緒子は、

「小野田先生も知らないのですか」

と、聞き返した。

「小野田先生は知っています。講師の先生にはこれからですので宜しくお願いします」

そう言って校長は手をもんだ。

素知らぬ顔で校長室まで案内してきた担任は、今日まで嘘で固めて一緒に授業をしてきたのだ。音を立てて一気に信頼が崩れていく。怒りを通り越し、哀しさで胸が潰れそうだった。

こんな重要なことを、宜しくなんぞとは、校長もよく言えたものだ。奈緒子は堪えようもなく混乱し動揺していた。しかしまだ七、八時限の授業がある。怒りを飲み込んで、教室へ向かった。今月入校したばかりの生徒にCADの基本的なコマンドを教えているところだった。CAD室へ入ると次第に落ち着きを取り戻していった。

「すべて組合に持ち帰る」

最善の答えだった。よく言ったと、心を切り替えて授業に集中した。

八時限の授業を終えて控え室に戻っていくと、小野田と講師の片桐芳江が、なにやら和やかに会話しているところだった。

「どうだった。校長先生の話は」と、片桐は奈緒子を見て言った。すでに民間委託のことは知っているかの様だった。

松本が担任だった時、奈緒子と木内の発令時間が削減され、その大半を片桐に与えた、あの時の場面が思い出された。担任は異動になり、次に着任した小野田へ、あの時と同様に取り入る姿は、奈緒子の目からは見苦しくさえ見えた。

「私は労働組合をやっていますから、まずみんなのことを考えなくてはならないわ」

奈緒子の言葉に片桐は担任と目を合わせて、一言も発せなかった。

奈緒子は毅然として自分の立場を見誤らなかったことに納得した。

小野田は腕組みをして固い表情で言った。

「私はトジンですから、東京都の方針に従います」

「トジン、都人ですか、東京都の職員ということですか」

聞き慣れない響きに奈緒子は質問したが、小野田はもう口を開こうとはしなかった。それが小野田の本心なのだろう。

校門を出るとすぐに、携帯を手繰り寄せた。

「公共一般でございます」

聞き慣れた女性の書記の声に、突き上げてくる涙を堪えた。

「織畠さんいらっしゃいますか」

「はい居ますよ。少しお待ちください」と保留音がして、すぐに、
「織畠です。どうしましたか」といつもの声が返ってきた。

奈緒子はこの時まで、江戸川校のCAD製図科だけが民間委託されるのだと思っていた。しかし今日の経過をあらかた話し終えると織畠は、

「他校のCAD製図科も同じだと思う。組合員の講師に早急に連絡を取って全貌を摑もう。三千人の労働組合の委員長の首切りだ。これは前代未聞の大争議になるかも知れない」

と、まるで闘いの全貌を見渡すかのように叫んだ。織畠の闘魂に火が点いたようだった。

CAD製図科は東京都内に四校ある。この民間委託は大変な混乱になるだろう。

その晩、江戸川校の非常勤講師から電話をかけ始めた。就業基礎ワード・エクセル担当の能町みゆきは、

「つい先ほど、校長から電話あって民間委託を知らされました。こんなことってあるのかしら。信じられないくらいです。仕事がなくなるのは大変困ります。私はワードとエクセルでCADではないけれど、CAD製図科の前期・後期でかなりの時間数になりますから、家の大きな収入です」と言う。

奈緒子は今日の校長室の自分と重なった。

を切った。

労働組合として、こんなこと到底許せない。一緒に頑張りましょうね」そう言って電話

次に工業数理の担当の柴田に電話をした。

「校長から自宅に電話があって、何事かと驚いたよ。辞めるにしても自分の意志で辞めたい。こんな理不尽なことはありませんよ」と憤慨していた。

米田一郎は正規職員を退職し再雇用で江戸川校の訓練事務を担当していた。公共一般には協力的な人だ。奈緒子は米田にメールを打った。

「お願いがあります。今回のＣＡＤ製図科民間委託の話は、いつ職員に知らされたのか。江戸川校ＣＡＤ製図科だけの話ではないのか。他校のＣＡＤ製図科の状況も知りたい。民間委託はこんな急な形で行われるものなのか。わかる範囲で良いですから教えて下さい。どうかお力をお貸しください」と依願した。

ほどなく返信が来た。

「私の知り得ている範囲で今日現在の状況をお知らせします。今日二十日、一月入校生の募集についてという文書が夕方五時に、職員メールに流されました。科目一覧を見ると江戸川校、府中校のＣＡＤ製図科が載っていない。近くの同僚に聞くと、みんなびっくりしていて、何も聞いていないとのことでした。能力開発係に聞くと来年度から委託されるらしい。正式には何も聞いていないとのこと。今日現在職員への説明はまったくありませ

ん」

　このように全て秘密裏に行われていたことが伺われた。

　木内健史講師は建築設計事務所を自営するかたわら、大田校と江戸川校のＣＡＤ製図科の講師を掛け持ちでしている。「コンパス山の会」では、気心知れた仲間だ。

「今日、大田校の校長に呼ばれて聞いた。二校ともいっぺんに失うことになるんだから、当然影響はあるよ。設計事務所の方も消費税が八パーセントになって仕事が減っているんだ。先行きが大変心配だ」と嘆いていた。

　同じ大田校ＣＡＤ製図科の下館亜希子講師は、

「残念です。他の科もやっていますが、ＣＡＤの時間数が大半で、減ってしまうのは困ります。本当に残念です。大田校は九月にパソコン三十台を新しく入れて、やっとこれから一人一台で授業ができると期待していた矢先に、こんなことになってしまいました。こんなことあっていいんですか。税金の無駄遣いですよ」と悔しさを露わに言った。

　府中校ＣＡＤ製図科の藤井貴子講師も、

「私はもう年齢で仕方がないかと思いますが、あと一年働きたかった」と嘆いた。

　二十三日奈緒子が出講すると、ちょうど校長室に呼ばれていた萩本毅講師が戻ってきたところだった。

「良い退け時だと思うよ」

と、大袈裟に笑った。萩本は組合加入を何度も勧めたが断わられていた。組合員はみんな悔しい思いを語った。江戸川校だけではなく四校のＣＡＤ製図科の非常勤講師三十一人全員の解雇であったことが判明していった。

公共一般は結成以来、労働運動に長けたオルグを何人も配置し、都や二十三区、市に対して様々な要求をして、それらのほとんどを貫徹させてきている。

東京都にとってはこのままにしておけない許しがたい存在の労働組合なのだ。組合潰しの機会を狙っていたのだ。民間委託を利用し、任用という古めかしい武器を纏って、この闘う労働組合を委員長諸共に、徹底的に弱体化させ、潰す目論見を露わにした。

東京都にとっては非正規・非常勤は正規職員に逆らってはいけないのだということを、あからさまに示したのである。

折しも委員長は女性、しかも職業訓練テクノスクールＣＡＤ製図科の非常勤講師である。かねてよりの目論見を実行するのは今しかない。秘密裏に着々と準備を重ね、三十一人の講師全員を巻き添えにする。このチャンスを逃す手はない。奈緒子には大量解雇の道筋が絵のように浮かんできた。

「それほど私が憎いのだったら私だけを首切れば済むはずだ。公共一般を根こそぎ潰したいからこそ、三十一人もの非常勤講師を巻き添えにしたのだ」

奈緒子は権力の中枢の暗闇を覗き見る思いだった。

多くの人の力を借りて一週間で要求書を作成し、十月二十九日「CAD製図科全面廃止・非常勤講師全員解雇に対する団体交渉要求」を産業労働局へ提出した。

要求書の前文では、

「二〇一四年十月二十日から二十四日にかけて、CAD製図科が設置されているテクノスクール各校において校長らが、非常勤講師に対し、CAD製図科は今年度をもって廃止する。雇用は来年三月まで、それ以後の保障はしないと告げられた。

あまりにも突然のことで、講師たちからは、納得できない、今からでは身の振り方もとれない、何十年も働いてきた非常勤職員に、この時期まで計画を伏せて来たのは、ひどすぎる等、東京都のやり方へ怒りと不信感が吹き上がっています」

とのべた。そして東京都産業労働局と長い交渉の過程を振り返り、

「能力開発部も、従前より公共一般のテクノスクール非常勤講師の組合がこれまで二十数年に亘り、講師の解雇や、いじめなどのトラブルに見舞われた時、廃校廃科問題が起きる度に関係校や能力開発部当局と積極的に集団的交渉を行い、問題解決への努力を重ねてきたことは、貴職も熟知しておられるはずです。にもかかわらず今回、組合へ一切の情報提供をしないまま、非常勤講師組合を全く無視し、労使協議を行わず、まさに抜き打ち的に民間委託実施計画を打ち出す挙に出たことは、これまでの労使関係の信義則に反する」と

して、

「整理解雇法理の四要件や、大量雇用変動届け出などの予め遵守すべき法ルールを踏みにじった、明らかな違法行為です。大量の整理解雇が伴うこれほどの大掛かりな実施計画を、秘密裏に進めて当事者を急迫するやり方は、到底認められません」

「委託計画は都議会への上程をしないこと。組合員への退職は不当労働行為にあたり、労組法七条一号乃至二号の不利益取扱い及び団交拒否の不当労働行為であり、直ちに退職強要を中止し、解雇通告を撤回するように」

と結論、その上で以下の要求を列挙した。

記

一．「CAD製図科廃止」計画全体に及ぶ詳細な内容、及びそれらの理由・必要について詳細な説明を求めます。

二．非常勤講師の雇用継続もしくは雇用確保策を講じるよう求めます。

三．正式に当労組と団体交渉を開催し、協議による合意を求める。本件労使協議を誠実に履行しないままに実施はしないことの確約を示されたい。

四．定例都議会への上程を強行しないこと。

要求書は解雇の不当性を克明に炙り出した。

正規公務員は職を失うことはない。担当の科が民間委託になろうと、希望する次なる職場が用意される。

奈緒子の胸には放り出された非常勤講師三十一人の哀しさと虚しさが折り重なって押し寄せてきた。


解雇通告から三週間、異例の速さで、十一月十二日、提出した要求書に基づいてCAD問題第一回の局交渉が持たれた。

局側・山元調整課長、小石能力開発課長、糸井調整課係長、他二人
組合側・村井公共一般委員長、織畠副委員長、山崎書記長、稲庭書記次長、野中書記、他一名
組合側の何故CAD製図科を民間委託するのかの説明を求めたことに関し、山元は、

「CAD製図科は民間でやれる環境が整ったので、民間委託にした」

と、繰り返すばかりだった。

「民間委託はいつ決定されたのか」

これについては、言い淀んでいたが、九月には公開入札がすでに済んでいて、二社が決定していることが判明した。全て公開が原則の入札が、庁内で全くの秘密裏に行われたなど考えられないことだった。正規職員たちでさえ知らされていない異常な事態だ。

これは非常勤講師の整理解雇だと詰めたが、

「非常勤講師は一年契約で、三月まで籍はある。解雇に当たらない。講師の希望があれば雇用の相談にのる。委託化に伴う講師の問題に誠実に対応するが、都議会には提案する」

それでどこがおかしいか、と言わんばかりの居直りと高飛車な一貫した当局の態度だった。今までの調整課長は、時には話し合いの余地を垣間見ることもあった。課長の働きかけで何人もの非常勤講師の雇用が継続された例がいくつもあった。

しかし山元は今までの誰よりも鉄面皮であり、背後に東京都・総務局の意向の通りに動く巨悪の代理人として、人間の血が通っているとは思えない態度だった。

「この場は正式な団体交渉であり、記録もとっています。きちんと回答してください」

と、奈緒子は厳しく発言した。

すると山元は、

「この集まりは説明会であって団体交渉かどうかは難しい。今後の講師募集に当たって、募集内容の提示はするが、優先扱いはしない、講師を続けたければ一般公募に応じてもらう」と、平然と言った。

三十一人もの大量整理解雇を言い渡しておきながら、何の保障もしないと宣言したのである。

「たとえ東京都の管理運営事項であっても、労働条件、任用については団交事項であると、今年二月の消費生活相談員の最高裁判決にもある。こんな話し合いのできない団交では、次の手段に出ることも準備せざるを得ない」と、凄まじい形相で織畠は言った。

奈緒子は、これまで他の支部も含めて、いくつもの団交に参加してきた。たくさんの裁判にも参加してきた。組合員の悔しさが、ことさらに痛いほど分かる。公共一般という労働組合は、世の中の底辺で苦しんでいる者の為の労働組合である。まるで弱者の言うことなんぞ、いちいち聞いていたら、何も進まないじゃないかというような屁理屈で、バッサリと弱者切り捨てが行われている様を、奈緒子はしっかりと見て取った。負けてはいられない。公務は絶対にこれではいけないのだ。当局のこの態度は断じて許せない。奈緒子の心にも闘いの火が点いた。

東京都はゴリ押ししてでも実行してゆくだろう。「切り開いてゆくのだ」と強い決意が湧き起こってきた。

「村井さん、CAD争議も松川のように闘おう。歴史に学ぶ旅はこういう時のためにやってきたんだよね」

二〇一二年の夏の旅は松川事件に学んだ。

松川事件の脱線現場などを、元被告とされ死刑判決を背負って生き通し、ついに無実になるまで闘い抜いた八十九歳の阿部市次氏に案内してもらった。戦後の三大謀略事件の一つであり松川事件はどのような背景の下に、仕組まれ作り上げられていったか、長い闘いを全国の支援者と共に勝利させていったことなど、今の公共一般の闘う上で深い学習となった。

「一万の支援組織、百万人の支援者がいて松川は勝利したのだ。真実を支援する人々こそ、最大の味方だ。松川のように闘おう。これは闘う者の合言葉だよ」

織畠はそう言って、

「村井さん。過去に学ぼうとしない者は、未来を知ることはできない。労働組合だってそうなんだ。松川のように勝とう。ＣＡＤ争議も必ず勝つ」と軽妙洒脱に言った。

職場では小野田が奈緒子を避け続け、何も話さなくなっていた。

奈緒子が出講すると、講師控え室には小野田はいなかった。一月生の募集が打ち切られ、出講時間の残りや休暇もたっぷり残っていて、具体的な話も進めてゆかなくてはならないのだが、職員室にもどこにもいないのだ。片桐芳江が出講してきて、

「小野田先生は、出張になるかもしれないって言っていましたよ」と言った。

片桐を連絡役にしているのだろう。産業労働局との団交の様子はすぐ現場の担任に知らされるのか、そのたびに小野田が右往左往している様子が目に浮かぶ。

今日はスケッチ製図の三回目の授業で、ゲージ類や定盤が教室の後ろの作業台にそのま

ま並べられているはずだったが、それがいずれも見当たらない。どこへしまったのか、奈緒子に対して見せしめのように、いじめとしか考えられない事態に戸惑った。

あちこち探して、倉庫にあることを確かめた。定盤は重くて運べなかった。

「ねえ、誰か力持ちの方、手伝って」と、教室に向かって叫んだ。すると若き力持ちが三人も倉庫に入ってきて、ゲージなど今日使うものをすべて教室に運び入れてくれた。その生徒は「村井先生に、ここまでやるんだ」と担任のパワハラを非難した。

小野田は何もかも中途半端のまま奈緒子を追い出そうとしているとしか考えられなかった。しかし奈緒子はたとえ、このような形でパワハラが続けられても、授業をきちんと締めくくってゆきたい、「先生の授業は楽しかった」と言われるようにと、その思いで必死だった。

「私の闘う相手は東京都だ」奈緒子はそう叫ぶ。小野田が相手ではない。

解雇のない公務員は別の職場に異動してゆく。収入の道は確保されている。しかし、職業訓練を志しＣＡＤの指導員を希望してここで働いてきたのは小野田自身の意思で選んだ道ではないか。ここを去らねばならない苦しみは正規も非正規も同じはず。同じ悲しみを背負っているではないか。なぜ奈緒子にパワハラの矛先を向けるのか。小野田の心の小ささが見えてしまう。片桐を通して最低限の連絡をすることが、都人としての小野田の精一杯の行動なのだろうか。奈緒子には理解できなかった。

東京都は何としても、力ずくでもこの民間委託をやり通すだろう。江戸川校ＣＡＤ製図科を支えてきた、六人の非常勤講師と担任とで、たとえ立場や意見が様々であっても、懐かしい思い出を語り合い、最後のお別れをして締めくくりたい。十二月は是非忘年会を呼び掛けて交流したいという思いが膨らんでいった。

「えんぴつクラブ」を一緒にやっている柴田に話してみた。

「それはいい。最後の忘年会やりましょう」

柴田の賛成に力づけられて、十二月十九日夜を予定して呼び掛けた。

「やりましょう。楽しみにしています」

と、弾んだ声が返ってきた。

木内も、能町も、萩本も片桐も、講師全員が賛成だった。

「小野田先生にはお会いできないかもしれないのでメモを机に置いておきます。先生からも声をかけていただけませんか」

と、片桐に頼んだ。

「いいですよ。参加すると思いますよ」

と、何の拘りもなく言った。

新小岩駅近くの居酒屋を予約して案内のチラシを作った。小野田の机にそれを置いて、返事を待った。

翌日、小野田も参加の意思を片桐経由で知らせてきた。奈緒子はほっとした。

色々あったが最後は交流の場で締めくくりができる。スケッチの道具を倉庫に運ばれたことも、数々のパワハラもみんな許していい。テクノスクールの四十一年を指導員同士で語って終われると、心に嬉しさが染み渡っていった。

しかし喜びに浸った数日後、小野田から、

「せっかくのお誘いですが、係争を考えている人とは一緒に飲むことはできません。忘年会は参加できません」

というメールが届いた。片桐からも、

「都合がつかなくなりました」とメールがあった。

「小野田先生が来ないのなら私も遠慮しますよ」と萩本毅が連絡してきた。

奈緒子の失望は大きかった。途方に暮れている奈緒子に柴田から電話が入った。

「何ということでしょう。残念だけど私たちだけだったら、いつだって集まれますよ。今回は見合わせましょう」

奈緒子はその場にへたり込んでしまった。

「係争を考えている人とは一緒に飲めない」

この言葉が刃物のように胸に突き刺さった。きっと参加者みんなにメールが回っている正規だ。

のだろう。奈緒子を孤立させたいのだろうか。打撃は大きかった。

「松川のように闘おう」と呼びかける声が聞こえる。その道しかない。闘うしかない。その言葉が何度も心の中で響いていた。非正規はこうして強くなるのだ。雑草のように麦のように、踏まれても踏みつけられても、そこからむくむくと這い上がってくる。それが非正規だ。


十二月、局との団体交渉は進展がないままに、奈緒子はテクノスクール江戸川校で最後の授業を迎えた。午前中は座学、ＪＩＳ規格と関連規格について、仕事の中でどのように応用していくかを話した。

「以前金型製作所で図面を描いていましたが、インチで描かれた図面をミリに直す仕事が時々ありました。メートルネジに置き換えたり寸法を整えたり、市販品を使ったり、ＪＩＳ規格と関連規格と、しっかり利用しましたよ」

そんな話ができることも、もうないだろうなと懐かしく思い起こした。

午後はＣＡＤの実習だった。玉形弁を描いている。数個の部品と組立図で、入校三ヶ月目の課題である。生徒の肩越しにパソコンの画面を見ながら、みんなの頑張りを嬉しく思った。教師用のパソコンのデスクトップに「村井」のフォルダーがある。生徒とはＬＡＮで繋がっている。

「皆さん今日描いた図面は、途中でも良いですから村井のフォルダーに入れておいて下さいね」

奈緒子がそう言うと、

「先生、昨日小野田先生がもう村井先生は来ないから村井のフォルダーは削除しますよって言ったんです。まだ使っていますから削除しないで下さい。卒業まで置いておいて下さいって、みんなで先生のフォルダー守りました」と生徒が言った。

急に涙が盛り上がってきた。奈緒子は天井を見上げる風にして堪えた。

今日も朝から小野田はいない、最後の挨拶もしないいつもりなのだろうか。どんなに繕っても生徒にはみんな見えてしまう。

「皆さん、ありがとう。授業は今日で終わりですけど、三月の作品発表会と修了式には来ますからね。その時みんなの図面は検図して返します。この学校で学んだこと是非活かして下さい」と挨拶した。

「先生、泣けちゃいます」

「ありがとう。みんなの心に私も泣けちゃいそう」

「お世話になりました。ＣＡＤが好きになりました」

「いつも先生の笑顔で励まされました」

みんなの温かい言葉に包まれた。

「写真撮りましょう」

「アドレス教えて下さい」

ああ、これが最後の授業だ。

生徒の帰った教室を点検し、私物を整理した。荷物は少しずつ運んではいたが、それでも段ボール二箱に、四十一年分の資料を詰め込んだ。今日まで使っていたコーヒーカップ、文房具、体育の時に使った運動靴、書籍、すべて詰め込んでガムテープで梱包した。

小野田はとうとう来なかった。

仕方なく奈緒子は校長室に行った。

「校長先生、今日で授業を終えました」

と、奈緒子が挨拶すると、

「村井先生、長い間ご苦労様でした。小野田がおりませんで、誠に申し訳ありません」

十月に解雇を言い渡した校長とは別の人のような神妙な態度だった。子供じみた小野田の態度を非難しているようにも見えた。

「先生、これは小野田先生に言うことなのでしょうが、ここのところずっとお会いできなくて、発令時間の未消化分が出てしまいます。センター長は三月までの時間数はお支払いしますと言いましたが、このままではそれもできなくなります。採点に何日かは出てこようと思いますが、修了生の作品発表会と卒業式には是非参加させて下さい。どうぞこのことを小野田先生にお伝え下さい」

「はい、必ず伝えます」

校長は部屋のドアまで奈緒子を見送った。

台車を借りて荷物を校門まで運んだ。

十二月半ば夕方の六時を過ぎると、すでに外はとっぷりと暮れていた。振り返ると職員室の灯りだけが点いていて、テクノスクールは暗く沈んでいる。

タクシーを待つ間、脈絡もなく、いくつもの場面が浮かんだ。

もう随分前のことだった。医療ミスで大病院を相手に裁判を起こした生徒がいた。

「先生、私の裁判を支援してください」と言われて、奈緒子は初めて東京地裁へ行った。テレビの画面でしか見たことのない法廷。黒い法衣を纏った裁判官たち。日常ではない別世界を見た。そして原告席にいる彼女を偉いと思った。人が決心をして行動を起こす、尊い姿だった。もしかしたら奈緒子自身もあの席に立つかもしれないと、あの時を思い返した。

「職業訓練って一人でも生きて行けるようになるっていうことなんだよね。先生は普通の学校じゃなくて職業訓練の先生だからいいんだ。職業訓練を受ける人はみんないろんな苦しみ持って来るから、先生みたいな先生がここには絶対必要なんだよ」

ああ、いろんなことがあった。四十一年、長い時間を過ごしたものだ。私の宝物がどっさりと詰まったテクノスクール江戸川校。二千人を超える生徒たちを送り出した。人生の半分以上の長い時間をここで過ごした。

遠くに空車のタクシーが見えた。これから待ち受ける幾多の苦難を振り切るように奈緒子は大きく手を振った。


局交渉は年内に二回の団交を持ち、組合の追及で都は次第に追い詰められていった。年が明け二〇一五年、正月休み明けから交渉を組んで打開策を詰めていった。その中で能力開発課長の小石は、

「これぞ組合側が納得できる提案だ」

と自信に満ちた表情で、

「雇用の継続を希望する者の名簿を出せば、経験と実績を考慮します」と言った。

当局からこの回答を引き出したことは大きな意味がある。当局も裁判は避けたいという思いがありありとしていた。

この提案に対し講師ニュースでいち早く組合員に知らせた。同時に、公共一般の他の支部の応援も得て、ＣＡＤ製図科のある大田校、府中校、江戸川校、足立校の四校同時に早朝ビラまきを行った。

奈緒子は江戸川校のビラまきに参加した。登校する最後のＣＡＤ製図科の生徒にも手渡

した。

「先生、頑張って下さい。僕たちも自分たちの科が無くなってしまうことは反対です」

と、声をかけてくれた。

片桐芳江が通りかかり、ビラを受けとって見ていた。

「あら村井先生、私も名簿に入れて下さいね」と親しげに話しかけてきた。

「片桐先生、是非一緒にやりましょう」

奈緒子は、解雇される同じ思いが片桐へも繋がっているのかと感じた。

しかし、片桐は締切日の二日前に、

「やっぱり組合の名簿に加えてもらうのは、やめておきます」というメールを送ってきた。揺れ動く片桐。苦しいのだろうと察せられる。

六人の名前が揃った。非常勤講師たちは教員であったり建築士であったり自営で事務所を経営していたり、なかなか名前を出せない事情もある。解雇される者三十一人、その人たちの手にビラは渡っただろうか。

しかし六人という数は決して少ない数ではない。この六人を、奈緒子たちは〝シンドラーのリスト〟と呼んだ。それ程大きな期待を寄せたのだった。

しかし、実際にはもっとたくさんの名が出されていたことを後に知った。切り崩しが行われたのだ。片桐もその一人だろう。

組合のそんな名簿に名前を載せるんじゃない」と、担任から辞退するように言われた人もあった。家族に反対された人もいた。

担任は何処からその名を知ったのか、局から指導されたのかどうかはつかめないが、団交の中で小石課長が「辞退する人もありましたね」と、いけしゃあしゃあと発言した。確かめることはできないが、奈緒子には苦い思いが残った。


奈緒子は足立校に新設されるジョブセレクト科に応募した。製図関連の授業があるからだ。この科は若年者が対象の訓練で、若年者を指導した経験があるか面接で聞かれた。江戸川校機械加工科の出張授業で製図を担当していた経験がある。苦労することも多々あったが、二年コースで伸び盛りの訓練生が成長してゆく姿を見ることが嬉しかったことなどを話した。機械加工では金型製作所で図面を描いてきたことも加えて話した。

結果を待つ一月ほどの間、組合では団交を重ね、専門家によるCAD対策会議を頻繁に行った。

〝シンドラーのリスト〟に残った者の経験と実績は考慮されるものと思って、奈緒子は解決への一歩を踏み出したことへの安堵を抱いていた。

しかし、結果は残酷なものであった。奈緒子一人が年間四十時間で足立校に採用になったのだ。他の者はすべて不採用だった。奈緒子は何故なんだと一瞬思った。団交で積み重ねた約束は果たされなかったのだ。経験と実績は考慮されなかった。この事実が奈緒子を打ちのめした。これが最大の「切り崩し」なのだ。

奈緒子自身の年間四十時間も、実は不採用も同然の時間数である。しかし村井さんだけが採用されたと、組合員の中に不平等さを植え付け、当局は「きちんと対応しているんだ」という印象を作り出す。それ以外の何物でもない。東京都は汚い、悪どい。絶対に許すことはできなかった。

「継続希望者の名簿を出せば、経験と実績を考慮します」これは一体何だったのか。東京都は最初から「切り崩し」を目論んでいたのだ。誰が名乗りをあげるか炙り出しを仕掛けていたのだ。なんて卑劣なことをするのだろうか。不誠実そのものだった。

「もっと巨悪の企みを見透かすべきであった。この悔しさを忘れず、次の戦術を立てよう」と、織畠は言った。

「闘いとは、相手を知ることだ。巨悪の根源を知ることだ」

奈緒子は、この採用を辞退したいくらいだった。しかし胸の中に膨らんでくるこの思いを、口にしたら最後、闘いに終止符が打たれるだろう。そう思うと闘いを放り出すことは絶対にできない。「松川のように闘え」この言葉を何度も繰り返した。そして「闘おう」という思いが固く大きく心に広がっていった。

どんなに少ない時間数でも、自分が東京都の非常勤講師として残る意味は大きいのだ。

奈緒子たちの身分は東京都の特別職、臨時的非常勤職員として、地方公務員法から除外され労働基準法・労働組合法が全面適用される。憲法二十八条に保障された労働三権がある。これから始まる本当の解雇撤回闘争に大きな力となるはずだ。裁判を闘い抜く為の最大の武器であるストライキを打てる身分を捨ててはいけない。

やはりこれは〝シンドラーのリスト〟なのだ。悔いのない闘いをしようと奈緒子は改めて決意を固めた。

三月に入り、採点のため江戸川校へ出講した。しかし、奈緒子と生徒が接触することは絶対にさせないという、担任の強い意志が伝わってきた。修了作品発表会も、「係争を考えている人がいると、他の講師がのびのびしない」という訳の分からない理由で出席を断られた。

係争を考えている人とは、担任から見れば犯罪者のように見えるのだろうか。公務員になるとき、「憲法を守る」と誓ったはずではないか。あまりの人権のなさに愕然とする思いだった。

採点もすべて終わり、控え室の椅子にただ一人座っているだけの出講であった。あの和気あいあいと楽しかった講師控え室も今はただ一人、辛い仕打ちだ。しかし奈緒子は「もう動じない」と自分に言い聞かせた。

公共一般では裁判の準備を着々と行っていった。六人の弁護団が組まれ、〝シンドラーのリスト〟に名を連ねた人に再び裁判を呼びかけ、説得した。しかし呼びかけに応える者は誰もいなかった。

解雇を言い渡されてから、まだ半年しか経っていなかったが、悔しさを持続させながらも新たな仕事を求めてゆく毎日は、それぞれの非常勤講師の中に変化を生み出しているようだった。

昨年十月、あれほど怒りの言葉を発した非常勤講師たちだったが、いざ裁判を呼びかけた時に、まるで腰が引けてしまうのは何故か。それは思えば当然のことかもしれない。それ程、人々の日常から裁判は遠い存在にある。生きてゆくこと食べてゆくこと、この重みに耐えてゆかなくてはならないのだ。原告は奈緒子一人だった。

奈緒子は産業労働局との団体交渉を繰り返しながら、控え室の孤独に耐え、小野田のパワハラに堪え、それらが自分を逞しく育ててくれるのだと考えるようになっていた。

ちょうどその時、公共一般事務所に顧問弁護士の阿部正が顔を出した。労働会館に他の用事で来たついでに時々顔を見せるのだ。

「あ、今日は委員長がいますね」と奈緒子に声をかけた。

「先生、いつもお世話になります」

「村井さん、裁判やるんだって」

「はい、よろしくお願いします」

　奈緒子は挨拶した。

「無理だろうな、この裁判は勝てないよ。公務員で七十歳といえば、裁判官も退官の歳だから、辞めるのが当然だと思うだろうね」

　と、阿部は言った。ズバリと本当のことを言ったのかもしれない。しかしそれはないだろうと、奈緒子は反発の気持ちが疼いた。

「えっ、先生の裁判は、勝てる裁判しか弁護しないのですか」

　法律の専門家に奈緒子は言い返した。

「まあ、せいぜい頑張ってください」

　阿部はそう言ったが、自説を取り消すことはなく、大らかに笑った。

　気にしないことにした。それ程の困難に挑もうとしているのだ。励ましの言葉だと思えばいい。裁判で一番大切なこと、それは原告が揺らがないことだ。

「もう一度声をかけてみよう。一人じゃ辛いよ」織畠は言った。

　木内健史講師にもう一度裁判の呼びかけをした。今日現在仕事もなくなって就活中だと言う。

　公共一般は裁判を支援して、解雇争議の原告には多少だが生活費の補助を出すことも伝えた。
木内の根底には悔しさがあった。片桐芳江も木内も建築士で、建築の授業を分け合っている。木内はもともとトレース科時代からの非常勤講師で、片桐はＣＡＤ製図科になってから、最初の担任の紹介で来た人なのだ。そのため木内の授業時間数が減らされていた。

また奈緒子一人に裁判を闘わせてよいものだろうかとも考えてもいたようだ。同じ江戸川校で同じ立場にいることを、よくよく考えた結果だろう。

「裁判は参加しても良いよ。ただしそのことで時間を取られることは困る。そんなことでいいのだったら原告になるよ」と言った。

一瞬、奈緒子は耳を疑ったが、心にぽっと灯が点されたように思えた。

「一人ではない、一人ではないのだ」と叫ばんばかりの嬉しさだった。たくさんの山を一緒に歩いてきた「登りの木内、下りの村井」と言われ、ピチピチと輝いていた青春時代の山仲間である。木内と共に裁判を闘うのだ。

「ありがとう」感動で声が震えた。受話器を置くと、

「やった。原告が二人になった」と叫んで奈緒子は顔を被った。

「もう一人、頑張ろう」とまた織畠が言う。これ以上ありえないことだと思えた。〝シンドラーのリスト〟からワード・エクセルを担当していた能町に織畠が直接話した。

「裁判は夫から反対されています。私は夫に内緒で名前を伏せて裁判に加わります」と心

情を述べ決意した。

能町は三人家族だった。数年前、一人暮らしはさせられないと、夫の母親と同居した。とても気を遣うことが多いようだ。よくぞ決心をしてくれた。

原告が三人になった。それはどれほど奈緒子を勇気付けたことだろうか。奈緒子は事務所を飛び出して、非常口の扉を開けた。爽やかな春の風が、勢いよく入り込んできた。そのまま、屋上まで駆け上った。青空の下、大塚の街が広がって見えた。

「原告三人万歳」

誰も居ない屋上で大声を出して叫んだ。何があってもきっと勝つまで闘える。ほっとした温かい気持ちになって事務所へ戻った。

ちょうど事務所では保育分会の昼休み会議が行われていた。ぼちぼちみんなが集まりだした。

元中野区保育争議原告の福井が、

「奈緒ちゃん、争議はね、予想もしない辛いことがたくさん起こるんだよ。そんなときは福井が支えるから、心に溜めないで何でも言うんだよ」と、奈緒子は自分より一周りも若い福井に励まされた。

第七章　裁判

「新田君じゃない」

新小岩の駅前ですれ違った青年に奈緒子は咄嗟に声をかけた。

「あっ、村井先生」

「反省文を書いた新田君だよね」

「そうです。授業中、本を読んでいた」

その言い方がおかしくて奈緒子は思わず笑った。

「急いでるの」

「いえ、バイトまで少し時間があります」

「お茶しよう」

奈緒子は新田と駅前のコーヒー店に入った。あれから何年になるのか。

新田は今、昼は物流の仕事でＣＡＤを使って図面を描いているという。

「同じクラスで中川君っていたでしょ、彼から仕事をもらっているんです。忙しい時に手伝っています」

「すごいね、クラスの仲間でワークシェアリングだなんて」

「夜は警備の仕事で夜中まで働いています」

ずっと気にかかっていた彼に会えたことが奈緒子には、なにしろ嬉しかった。

「僕は大学出てないから、結構馬鹿にされたりするんですよ。でも中川君に助けられています。少しでしたがテクノスクールでＣＡＤを習っていて本当に良かったです」

「それは嬉しいですね。学歴のことだけど、私だって学歴はないわ。でも学歴は人間の尺度にはならないと思っているの」

「僕もそう思うけど、現実には自分を売り込む手っ取り早い尺度だと思います」

「まあそうだわね。でも大学でたくさんの知識を得て、立派な学歴を持って社会に出て行っても、本当にそれを活かして社会に貢献している人がどれだけいるか。その知識を金もうけに使ったり、悪事に使ったり、そんな人のなんと多いことか。今の政権の人たちだって官僚の人だって、そう思って見てご覧なさい。本当の学問は一番弱い立場の人々に向けられる目を持っているかどうか、救いの手を持つことに使われなくては、何のための学問だったのか分からない」

「本当の尺度を持つことなんでしょうね」

「確かに学歴社会のど真ん中に生きている訳だけど、人は学歴で判断してはいけないと思う。そのことを心のどこかにしっかりと持っていることだわ。教師やお医者さん、弁護士、様々な方たちの知恵と良心で私たちは生きてこられた。自分の持ち得た知識をどのように活かすのか、それが人間性。それが一番大切なんだと思う」

奈緒子はそう言いながら、これはまったく自分に言っていることではないか、と恥ずかしく思った。

建築士の資格をもって障害者に寄り添った亀谷講師が浮かんだ。

新田は何を思ったか質問した。

「先生は子どもの頃の夢は叶ったのですか」

「うーん、そんなに上手くはゆかないわよ」

「何になりたかったのですか」

「そうね、私は何でもやりたがる好奇心いっぱいの子だったようよ。特に音楽が好きだったわ。でもお金もないし、そんな道になんかとても進めなかったわね」

「僕は何にも考えていなかったって、この頃気が付きました。テクノスクールに行ってCADをやって、自分はこれが好きなんだって思いましたよ」

「好きなことに巡りあったのね。そういってもらうと嬉しいな。私も人生の途中で職業訓練に出逢えて本当に良かったと思っているのよ。あ、そうそう、ＣＡＤ製図科が無くなるわ」

「え、どういうことですか」

「民間に委託されるの、私も首切りです」

「ほんとですか。考えられない」

「でも私ね、東京都と裁判で闘おうと思っているのよ。テクノスクールは都民の宝物だもの」

「そうですよ。修了できなかった僕が言うのもおかしいですけど、世の中に役に立つ施設ですよ」

　新田は見るからに大人になった。

「あの反省文、あの時は書かされたと思っていたのですが、先生に叱られたこと、時々思い出しました。あれから、いろいろあったけど、僕は打たれ強くなったと思います」

「新田君もきっと、これから豊かな人間性に出逢えるわ。そして学びたいと思ったら何としてもその道を歩みなさいね、まだ若いから充分できる。さっき私は理屈をこねてしまったけど、長い目で考えて是非大学へ行く努力をしてご覧なさい。そして仕事のことで困ったときは労働組合よ。私、労働組合やっているから是非連絡してね」

　奈緒子自身も打たれ強くなったのかもしれない。丸ごと非正規だから同じ思いを分かち合える。

「先生、ちっとも変わりませんね」

と新田に言われた。この日は新田に会えて奈緒子の心は温かかった。

ＣＡＤ争議の六人の弁護士との初顔合わせが東銀座法律事務所で持たれた。多摩法律事務所の平田弁護士を団長として、分野別の分担がなされた。女性弁護士が二人いることも心強かった。

そのうちの一人中部法律事務所の清水美和子弁護士は能町みゆきの担当になり、陳述書作成からすべての対策を担ってくれた。

木内健史は渋谷法律事務所の矢作弁護士、奈緒子は亀戸法律事務所の川添弁護士と担当が決まった。争議とはどのような過程を踏んで進められるのか、六人もの弁護士が担当する意味も、奈緒子には何もかもが解らなかった。しかし、これから原告になる奈緒子に対して、弁護士たちは穏やかに語り掛けてくれて人柄が滲み出てくるようだった。

奈緒子は江戸川校の始末と足立校ジョブセレクト科の準備で忙しかった。

なんと皮肉なめぐり合わせだろうか、小野田が足立校に新設されるジョブセレクト科の開設準備委員となっていた。ＣＡＤ製図科廃止で正規職員はどこかに異動する。小野田は早々に足立校に希望を出していたのであろう。

奈緒子は新たな気持ちで頑張りたいと思ったが、小野田はなかなか気持ちの切り替えができないようで、相変わらず会うことを避けていた。

「先週、本庁と講師組合で話し合いが行われたようですね。出講時間を残さないように言われました。しかし村井先生の講師の本来業務は全て完了しています。あとは重労働の片付けですので、これは無理ですと、校長には伝えました。どうしても残時間が発生する見通しであります。この結果は私の責任です。本当に申し訳ありません。私はジョブセレクト科の開設委員も辞退いたします」

と、こんなメールが届いた。

奈緒子がジョブセレクト科を応募するとは考えてもいなかったのだろう。奈緒子が生徒や他の講師と接触しないように神経を尖らせていたことにこそ、出講時間を残してしまう原因があるのだ。大掃除でもゴミ出しでも何でもやりたいと伝えたが、結局二十時間の未消化時間が出た。

「来年度は、わずかですが、ジョブセレクト科で小野田先生とご一緒できると思っていました。どうぞ開設準備委員の辞退は思い留まって下さい」と返信した。

奈緒子は府中校の組合員の藤井貴子から電話をもらった。

「村井さん色々お世話になったけど、ＴＡＣ社に年間二百時間で講師に行くことにしたの。名前は言えないけど声をかけてくれた先生に感謝しています」と言う。

「私たち非正規は、仕事が無くなると、その日から食べられなくなるのですもの、まず働かなくてはならない。仕事が一番優先よ」

奈緒子がそう言うと、

「ありがとう。TAC社の時給は東京都と同じというけれど、実際には東京都の一時限四十五分が六十分になるようで、その分時間単価が下がる訳なの。それで」

そう言うと藤井は少し言い淀んでいた。

「私、組合は辞めようと思っているの」

何で、奈緒子は耳を疑った。公共一般結成当時からの組合員だ。

「委託先でも、困ったことが起きた時は労働組合として対応できるし、是非辞めないでほしい」

奈緒子はなおも説得した。しかし藤井の考えは固いようだった。こんな分断を強いられる哀しさに胸が潰されそうだった。

委託先には、労働組合は作らせない。そうさせては委託する意味が無い、という当局の固い決意が働いているのだろう。

「ごめんね」藤井はそう言って謝るのだった。

「村井さん、少しだけどカンパするね」

奈緒子には藤井の辛い思いが伝わってくる。労働組合が民間委託に反対しているその委託先に行くのだ。割り切って働けばよいではないかと思うが、藤井にはそれができないのだ。藤井の真っすぐな性格が、公共一般職業訓練ユニオンの脱退を決心させたのであろう。そこまで追いやった東京都を許せない。

「あなたの分まで頑張るわ。委託先でも色々問題もあると思うけど、そんな時は連絡してね。労働組合が必要な時が来るかも知れないわ」

奈緒子は悔しい思いを呑み込んでそう言った。

ＣＡＤ製図科では十代から六十代まで親子のような年齢差のクラスメートたちが交流し、互いに支え合い、その中で自分を見つめ、気づき、自信に変え、成長してゆく生徒たちの光景を何度も見てきた。

そこに人間性が息づいている。新田もそうだ。打たれ強いとは、雑草のようにめげないことをいうのだ。

同時に非正規は、人として平等に扱われたいと願う。人の為になる仕事がしたいと思う。そう思いつつも、まず相手を察する気持ちが先にたって、自分を後回しにする習慣が身についているのだ。

自分の気持ちをうまく伝えられない。自分を発揮する機会も与えられずに生きてきたのが、大方の非正規の思いだろう。

今、公務も民間もどこの職場も非正規の占める割合が半数に近づく勢いで増えている。安上がりの非正規に仕事をさせ、正規はきちんと管理をやっていればよいと考えているのだろうか。しかし正規もその立場で非正規には分からない重さや辛さを抱えているはずだ。

なのにこの隔たりはなんと果てしないことだろうか。

労働組合に入って「アイ・アムで生きよう」という言葉に魅せられた。しかしそれもなんと難しいことか。容易には身につかない。思いを遂げられないもどかしさ。

この頃組合ではこんな言葉がささやかれている。「士農工商、犬、猫、パート」とは良く言ったものだ。

「非正規の諸君、汝の価値に目覚むべし」織畠は口癖のように言って組合員たちを励ます。

かつて都区一般が正規職員組合の中に組織される話が出た時、織畠の「正規と非正規は自ずから要求が違う。自分たちの要求は自分たちで叶えるのだ」と言った言葉が蘇える。たとえ民間に委託されてもそこで根を張って生きてゆく。藤井にもそうあってほしいと思った。

「仲間を一人失った」と思うことは止めよう。たんぽぽの綿毛のように、委託先で根をおろして生き延びてほしい。

三月二十五日、奈緒子は十月生の修了式に参加した。講師は奈緒子の他は居なかった。修了式のこの日まで接触を嫌ったのだろうか。

いつもと違って盛装した生徒たちの姿が眩しかった。一人一人に校長から修了証書が渡された。

式が終わり教室に引き上げて、奈緒子も数分の挨拶の時間をもらった。

「皆さん修了おめでとうございます。みんな頑張って今日の日を迎えたのですね。江戸川校のＣＡＤ製図科は皆さんの修了で閉じられますが、ここで学んだことを活かして元気で頑張ってくださいね。私も四月から足立校ジョブセレクト科で製図の講師を続けます。皆さんまたお会いできるといいですね」

拍手が湧き起こった。

小野田のはらはらした顔が一歩前へ出て、

「村井先生、ご苦労様でした。お忙しいところ修了式に参加していただきありがとうございました。皆さん先生を拍手でお送りしましょう」と、体よく教室から見送られた。

発表会を断られたように、修了式も参加できないのではないかと思っていた。しかし寂しさはあったが、奈緒子にとってもテクノスクール江戸川校四十一年生の修了であった。

足立校に電話をして授業の予定を問い合わせた。

「四月七日に担任との打ち合わせを行いますので午後に来て下さい」とのことだった。

「担任はどちらの先生ですか」

小野田は開設委員を辞退すると言ったままなのだ。

「江戸川校から小野田先生です」

やはりそうだったのだ。

七日にはジョブセレクト科を担当する他の講師たちと顔合わせができる。

足立校は綾瀬駅から十分ほど、期待を膨らませて歩いた。しかし教室には誰も居らず、準備室から小野田が出てきて、「説明会は個別に行っています」と言った。

ジョブセレクト科は二ヶ月コース、若年者向け訓練で、何種類かの職種の入り口を経験し、自分に何が向いているかを体験する科目だ。奈緒子の担当科目は製図で一回四時間十クラスの授業だ。一年間の時限表を貰ったが、カレンダーのような升目に、月一回の奈緒子の出講のみが網掛けの上に名前が書かれていて、他はすべて空欄だった。これが時限表か。

江戸川校では、今どんな授業がなされているのかが一目で分かり、担当講師の名前もすべて書かれた時限表を配られたものだ。「これは本当の時限表ではありませんね」と、返したい気持ちだったが抑えた。非常勤講師はいつだって逆らわない。いやな習慣だと自分を責めた。

「授業は今月三十日からです」

小野田はもうこれ以上話したくないという態度を露わにした。

「授業内容については、どのように進めてゆきましょうか」

奈緒子が語り掛けても、

「先生はベテランですので、自由にやって下さい。打ち合わせはこれで終わりです」

と、教室を出て行きかけた。

「先生、どうぞよろしくお願いいたします」

奈緒子の言葉に小野田は振り向くこともなかった。

校門を出ると、来る時には気が付かなかったが、向かいの道路に沿って長い公園になっていた。薄曇りの中に桜の花びらが吹雪となって舞っていた。

奈緒子は、どこまでも続くパワハラとあらゆる人から切り離されてゆく辛さを堪えるしかなかった。ベンチに腰を下ろすと、思わず涙がこぼれた。小野田とこんなぎくしゃくした関係で授業を進めなくてはならないのか。

花びらが止めどなくふりそそいでくる。

小野田は、ＣＡＤ争議を引きずり、新設科目の指導員として心の切り替えができないでいるのだろう。なぜこんなにも棘のある言葉を発し、酷い態度をとるのだろうか。その言葉と行動に、小野田自身が傷ついていくのではないだろうか。

落ち込んだところを見せない奈緒子の態度も余計そうさせるのかもしれない。

しかし、自然は春を迎えている。何があっても毎年咲く桜のように、自分もいつも笑顔でいたいと思った。

四月三十日、足立校ジョブセレクト科の初めての授業だった。職員室の入り口に出勤簿が置いてある。印鑑を押そうとジョブセレクト科のインデックスを開くと「片桐芳江」の名もそこにあった。〝シンドラーのリスト〟から降りたこととの意味はこれだったのかと、そんな気がした。

ジョブセレクト科は生徒五人、まだあどけなさまで感じさせる若者たちだ。用意した簡単な立体をスケッチし、三角法で製図する。それをもとに展開図を起こし立体を作る。だんだん出来上がってくる品物に生徒は達成感を感じているようだった。四時間で全員が階段状の立体を作り上げた。五人で作った五つの立体の凹凸を積み木のように組み合わせると一本の柱になる。生徒たちから自然と拍手が起こった。

「できた」

と、喜びの声が上がる。

小野田は、教室の後ろでノギスを拭く作業をしながら、奈緒子の授業を最初から最後まで見ていた。

東京都が裁判を避けるために試みた、奈緒子に与えたこの授業。奈緒子は授業も裁判もどちらも手に入れたのだ。この裁判の勝利のために、すべてを使いきる。そして若い訓練生との交流を大いに楽しむことにした。


奈緒子の夫、泰志は定年後も、長いこと同じ会社の嘱託として続けて働いていたが、この三月いっぱいですべてを退き、サンデー毎日の人になった。ボランティアかアルバイトか趣味か、何か始めるものと思っていたが、一向に何もしない。それもまた良いことかもしれない。しかし、まるで反比例するかのような奈緒子の忙しさだった。

ある日、居住地域の共産党支部の八十歳になる女性が「赤旗」の集金に来た時だった。

「村井さん、誰か新聞を配ってくれる人いないかしら。日刊紙の配達の人、みんな年寄りで、先日一人入院してしまって、今困っているところなのよ」と言う。

奈緒子も何とかしたいと思ったが、公共一般の委員長という役職で、ほとんど毎日のように会議や集まりが入っていた。とても時間が取れそうもない。

困った奈緒子の様子を見かねて、

「もし、誰かいたらと思ってね。大丈夫、私もまだ元気だから」

と、八十歳とは思えない笑顔で言う。

すると二人の会話を聞いていた泰志が、顔を出した。

「僕でよければやりましょうか」

と、言った。奈緒子は呆気にとられる思いで、胸を詰まらせた。集金の女性は、

「あら、ご主人」と言って、目頭に手を当てた。

それから泰志の生活にリズムができてきた。家事も大したことはできないが、洗濯や買い物など、少しずつやるようになった。忙しい奈緒子にとっては何よりありがたいことだった。


奈緒子は公共一般の上部団体である自治労連や全労連で機会があるごとに「東京都CAD争議」について発言し、全国に知らせていった。

産業労働局との団体交渉は六回を数え、弁護団会議も頻繁に行われた。

木内健史原告の裁判委任状と身上書を受け取りに、奈緒子は中野区の木内建築設計事務所を訪ねた。木内は山を歩いていた頃から、食べものは何でも手作りしていた。その日も何種類かの自家製のパンを焼いて奈緒子を労った。

「木内さんには、山でもよく食べさせてもらったわね。北岳の雪渓に西瓜を冷やして食べたら美味しいだろうねって、冗談のつもりで言ったら、本当にリュックから大きな西瓜が

出てきて、みんなをびっくりさせたわね」

「そんなことあったたな。あの頃は若くて元気だった。今は年賀状だけになってしまったけど、みんな元気にしているようだね」

木内とも長い付き合いになる。共に裁判をするなど夢にも思わなかった。

木内に続いて、原告能町みゆきから委任状と身上書が郵送されてきた。これで三人の原告の書類が揃った。

五月十一日、七回目の局交渉が持たれた。能力開発課長の小石に代わって大野という課長が参加した。

「名簿を出せば経験と実績は考慮する」と言い放った張本人が異動したのだ。なんと無責任なことだと怒りが走る。小石の異動先は都税事務所とのことだった。

何の引き継ぎもなされていないようで、新課長は何を話してもチンプンカンプンで進展がなかった。もしかしたら、そのように振舞ったのかもしれない。

「局側の不誠実や、隠してきたことは、裁判で明らかにする。あなたたちは証人として法廷に出てもらうことになるでしょう」

織畠は、やりきれない思いでそう言った。

「村井さん、原告のタスキとビラまき隊のステッカーを作ろう。デザインして」

組合の大型プリンターは布も印刷できる。織畠に言われて、さて何色にしようかと考えた。燃えるオレンジ色は日航争議団の色、CADは黄色の地で茶色の文字にした。ステッカーはチョッキ形、背中と胸に「東京都CAD争議」と印刷し、タスキは斜め掛けに「東京都CAD争議原告」と文字を入れ、それぞれに結び紐をつけた。

「おっ原告、似合っているよ」

と声がかかる。何だか背筋がピンとした感じだ。

「体を建物に例えるとタスキは筋交いだわね。これを掛けると、しゃんとするわ」

奈緒子は変身した自分の姿を鏡に映してみた。

朝目覚めると奈緒子は、思い切りカーテンを開けた。二〇一五年五月十五日、この日東京都労働委員会に「不当労働行為救済申し立て」を行う。提訴の朝に相応しくキラキラの太陽と鮮やかな緑が目に飛び込んできた。

「今日から私は原告になる」と叫んだ。首を切られた三十一人の悔しさを胸に、七十歳の自分を奮い立たせた。

弁護士と共に東京都労働委員会に行き、手続きをした。その後、都庁内で記者会見をする。

奈緒子は記者会見というものに初めて臨んだ。席に着く前に柚木綾子弁護士が奈緒子の服装を整えるようにスーツの襟をピンと直して「ん、これで大丈夫」と、笑顔で声をかけてくれた。

マスコミの記者たちの前でテクノスクールCAD製図科の民間委託は誤りであり東京都の違法を質すと訴えた。細かい内容は弁護士と織畠が丁寧に話し、記者の質問に応えた。これが闘いの初日だった。いよいよだと身構えたが、支援者に囲まれ、よいスタートが切れたという思いだった。

その一週間後、公共一般本部事務所のある労働会館七階のホールで「CAD争議を励ます会」が開かれた。他の二人の原告の参加は叶わなかったが、公共一般の本部支部挙げて百人を超す参加者から心温まる励ましの言葉をもらった。

五月二十九日に東京地裁へ「地位確認」の提訴を行った。この裁判は自分だけの為の裁判ではない。非常勤講師にかけられた理不尽への闘いだ。みんなの闘いをここからやる、奈緒子は改めて闘う意味を考えた。

港区にある中央労働委員会前で毎月行われる早朝宣伝や様々な集会で奈緒子は黄色のタスキをかけてCAD争議の訴えをした。

「CADって何ですか」

と、道行く人から質問される。

「設計や製図を、パソコンを使って行うことなんです。今では手で図面を描くことが少なくなって、ほとんどＣＡＤを使って、描いています。私は職業訓練のテクノスクールでＣＡＤを教えていたのですよ」

「それが民間委託されるのですね」

「そうです。このビラ、是非読んで下さいね」と手渡した。

弁護団会議では陳述書を読み上げ、本番の練習をした。強調したいところは声の調子を少し変えてみる。裁判長に視線を投げかけるなどと、意見をもらった。原告はこうしてみんなから育てられ、原告らしくなってゆくものなのだろう。

第一回東京都労働委員会が七月二日に決定した。その朝、数日前に取材を受けていた、しんぶん赤旗の「ひと」欄に奈緒子の記事が載った。早朝からそれを読んだ人たちの電話やメールが届いた。

「新たな闘いへの挑戦の記事読みました」

「今日のしんぶん赤旗の『ひと』欄拝見、頑張っておられますね」

「村井先生の記事みました」

「『ひと』欄、いい写真が載っていますね」

奈緒子は、これから始まる東京都労働委員会で、冒頭七分間の陳述をすることになっていた。このみんなの励ましが力強かった。

傍聴者は三十人を超し、控え室は溢れんばかりにいっぱいだった。労働委員会事務局は急いで大きい審問室を控え室に代えた。奈緒子は緊張で、きちんと話せたかどうか、全く自信がなかった。

組合側の申立書に対する都側の答弁書が未完だったため次回に持ち越すことになった。

「今日はお忙しいところを本当にありがとうございました。一週間後の初法廷・東京地裁の傍聴席も是非いっぱいにして下さい」

と最後に奈緒子は挨拶した。


七月九日、東京地裁第一回法廷が七〇五法廷で行われた。

ああ、裁判所だ。初めてここに来たのはもう何十年か前のことだ。訓練生の医療ミスの裁判だった。黒い法衣を纏った裁判官たち、圧倒される重厚な建物は今も変わりない。

この日も入りきれないほどの傍聴者で交代しながら傍聴するほどだった。奈緒子は柵の内側、裁判官に向かって左側の席に弁護団に囲まれて座った。傍聴席を眺めると、その中に姉たちの姿を見た。豊橋から来てくれた姉もいた。

冒頭に原告の陳述だった。

「東京公務公共一般労働組合、委員長の村井奈緒子です。私はこの度、東京都を相手取って裁判を起こしました」

鎮まりかえる法廷によく響く声が出せた。

「昨年十月二十日、何の前触れもなく突然解雇を告げられました」

と、これまでの経緯を述べた後、

「二十五年前の公共一般結成と共に、非常勤講師の待遇改善や、教科書・授業料の有料化反対の署名運動を行い、中心的に活動してきました。東京都は都内四校にあるＣＡＤ製図科をすべて民間委託し、そこで働く非常勤講師三十一人をたった一本の電話で解雇しました。大量の首切りです。整理解雇四要件も満たしておらず、委託業者の入札も、秘密裏に九月にすでに行われていました。

しかし産業労働局は、講師は一年契約であり、解雇ではなく期間満了だと頑なに解雇を否定したのです」

奈緒子は悔しさで声が詰まった。

「産業労働局は組合の厳しい追及に、団交の場で、継続を希望する講師の名簿を局に提出すれば、来年度の講師募集に先立って、今までの実績と経験を考慮すると確約しました。解雇した東京都は当然、仕事も斡旋する。ようやく道が開けると希望を持ちました。

しかし、その結果は裏切られました。私だけが年間、わずか四十時間で採用されましたが、他の組合員は全て不採用でした。何のために私だけを採用したのでしょう。年間四十時間では、解雇に等しいものですが、それは解雇撤回の闘争を切り崩す為としか思えません。東京都は余りにも不誠実です」

東京都は公共一般の消費生活相談員との「団交拒否事件」において昨年二月最高裁で敗訴していた。憲法二十八条にも触れると、厳しく断罪されたのだ。その効力を実質的に奪う企みとして、ＣＡＤ製図科の非常勤講師を民間委託の名のもとに解雇したのだ。

「私たちは、公務員法上の一般職には当たりません。地方公務員法三条三項三号の特別職非常勤職員です。労組法の下、スト権と団体交渉権は引き続き維持できます。

しかし、東京都は都庁内にそのような権利を持つ者がいることを嫌悪して、公共一般委員長の働く職場である、ＣＡＤ製図科を民間に委託し、委員長を狙い撃ちにしたのです。これが特別職の非常勤講師三十一人を解雇した、筋書きだと言えます。

講師の職場復帰と共に、この民間委託が如何に道理に合わない内容であるかについても、明らかにしてゆきたいと思います」

七分の時間が迫っていた。

「公共職業訓練は、働くためのスキルを求める全ての人に、平等に開かれた場でありま す。民間委託によって即戦力だけを求める、派遣企業などの為の職業訓練であるならば、本来の公共職業訓練から、その質も精神も大きく逸脱するものと考えます。

この裁判を通して、私が人生をかけて勤めてきた、真の公共職業訓練のあり方を広く世の中に問い続け、必ず組合員たちと職場復帰を果たしたいと思います」

七分間いっぱいに陳述を述べた。陳述を終えると同時に、傍聴席から拍手が湧き起こった。終始下を向いていた裁判長は、その時ばかり傍聴席を見渡し、拍手を止めるよう注意した。一瞬の拍手だったが、支援の気持ちが溢れるほどだった。

気が付くと卒業生の長谷川恵子の姿が飛び込んできた。

「ありがとう。よく来てくれたわね」

「『赤旗』の記事を見て、あっ先生だって思ったの。頑張って下さいね」

と、みんなの励ましを受けた。それから待合室に移って弁護士から今日の裁判の説明を受けていた。

その時だった。突然「何と大それたことをやったのだ。自分には裁判などできる力はない」と一瞬心の中で叫ぶ声が聞こえた。

どのようにその場を装ったのか定かではない。いつだって立ち直ってきたではないか。しかし自分を励ます心の声はか弱く、押しつぶされそうだった。

その夜、暗闇の中にいつまでも悶々と不安は去ってゆかなかった。

いつの間に眠りについたのか、朝の光はありがたい。光と共に揺らいだ心は薄らいでいた。

二〇一五年七月十七日、「ＣＡＤ争議を勝たせる会」が発足した。その代表世話人の顔ぶれを見ると、今の世の中でいかにこの争議が重要なポイントであるかが分かる。

東京地評議長、自治労連中央執行委員長、新日本婦人の会会長、民主主義文学会会長、都留文科大学名誉教授、千葉大学名誉教授、都立産業技術高専名誉教授他、錚々たるメンバーである。合わせてＣＡＤの技術的側面を支えるマイスターの会も結成された。

「織畠さん、松川のように闘うって、何から始めたらいいのでしょうか」

奈緒子はスピードを上げて進んでゆく争議に、遅れまいと必死だった。

「まず、勝たせる会会員を数百人集めよう。松川は全国津々浦々に百万人組織していったんだ」

奈緒子は勝たせる会の申込書を常に持ち歩いた。年間千円の会費で、集会や会議で入会を訴え、その場で多くの人が加入してくれた。ニュースやチラシを見て公共一般本部へ直接申し込む人も毎日続いた。

そしてまず身近な人からと、夫に申込書を渡した。

「精一杯がんばれ、大したことはできないけれど裁判の傍聴やチラシまき位はやるよ」

と、言ってくれた。力強い一歩前進だ。

姉たち三人も入ってくれた。そして奈緒子は山の会や修了生を思った。職業訓練に一番近いところにいる人たちだ。そこへ訴えてゆこう。

ちょうど江戸川区の動物園で非常勤職員のパワハラ・不当配転の争議を闘っている公共一般の組合員たちがいた。同じ江戸川区内の施設だ。動物園の集会で訴え、居合わせた人は殆ど入会してくれた。その中にＣＡＤ製図科の卒業生を知っているという人がいた。その場で電話をしてくれて、何年かぶりで修了生と話ができた。

「先生の一大事だ。同級生を集めますよ」と嬉しい会話ができた。

「江戸川校で働いたこと、今は本当に嬉しく思います。みんなに感謝です」と奈緒子は胸がいっぱいだった。

事務所に戻ると奈緒子の報告に、

「松川ではみんなで物品販売をして、全国に売り歩いたんだ」と、織畠が言った。

「私たちは何を売ればいいのかしら」

「今度の会議で提案しよう。村井さんも考えておいて」と、次々と提案される事態に、息をつく間もない。

手帳には毎日のように行動が入っていた。全労連・国民救援会が共催する「裁判勝利を目指す全国交流集会」に参加した。ＣＡＤ争議の経緯の報告と支援を訴えた。

ここで、全国には様々な闘いが繰り広げられていることを知った。倉敷民商事件では四百日以上も拘留された罪なき被告の発言を聞きながら、奈緒子はもし自分だったら耐えられるだろうかと問いかけた。

仙台北稜クリニックの冤罪事件で犯人とされた守大助さんを支援する会の人など、多くの人と交流した。

　そんな中に南山美香さんの冤罪もあった。東近江市の湖東記念病院に看護助手として勤務していた時、入院中の七十二歳の男性の人工呼吸器を故意に外したという容疑だった。証拠は美香さんの自白のみ。美香さんは軽い障害があった。本来ならば守られなければならないことであるが、そこを利用するかのように自白が作られていった。美香さんは再審を求める署名を訴えて参加者からの拍手を浴びた。

　たくさんの厳しい闘いを抱えていても、こんなにも心優しく笑顔で、訴える人の気持ちに耳を傾けて、救援の思いが溢れている人たちに接し、奈緒子の緊張は次第に解けていった。

「この会に初参加ですか」

　その時、一人の女性が近づいてきた。東住吉冤罪事件の青木恵子さんだった。それは驚くべき冤罪だった。放火殺人事件の犯人にされ二十年投獄された。国家賠償裁判は、二〇一六年に再審無罪判決を実現したが、

「私のように冤罪の犠牲になる人を再び出さないよう、そのためには、なぜこのような誤判や冤罪が生じたのかを明らかにしてほしい、警察や検察の捜査は何故誤ったのか、その責任を明らかにしてほしい」と、言った。そして、

「私は国民救援会に助けられました」と言う。

その本人から「CAD争議頑張ってね」と声をかけられたのだ。何ということだろうか。みんなを励ます、あの笑顔。奈緒子の頬にはぽろぽろと涙がこぼれた。

国民救援会の歴史は長く一九二二年の野田醤油争議の弾圧犠牲者の救援がきっかけとなり、一九二八年設立した。今日まで綿々とその精神が受け継がれ、CAD争議の奈緒子のところまで届いたのだ。国民救援会は類まれなる存在であると実感させられた。

「三枝先生、ご無沙汰しています。お願いがあって電話しました」

三枝慎はすでに東京都を定年退職していた。

「村井さんから電話もらうなんて、どうしたの」

「今は日本ですか。お会いしてお話ししたいことがあって」

三枝は埼玉に住んでいる。五時に大宮で待ち合わせた。奈緒子は東京の東から長旅のような気分だった。三枝はテクノスクールを離れて他の局へ異動し最後は教育庁で東京都の職員を終えた。再雇用はせずに、世界の山や都市を巡る旅をしていて、一年の半分は日本に居なかった。奈緒子たち非正規から見ると羨ましい限りだった。

「元気そうだね」

「ええ、先生も」

駅前の居酒屋に落ち着くとビールで乾杯した。暑い日でこの一杯がおいしかった。

「ＣＡＤ争議を始めたことは新聞で知っているよ。でも、この裁判、はっきり言って勝ち目はないよ」

　早々に三枝から話し出した。三枝とはテクノスクールのころ一緒によく山を歩いた。旋盤を教えてもらったり、本の貸し借りをしたり、長い付き合いだった。決して嘘をつかない人だと奈緒子は信頼していた。

「他の人からも言われました。弁護士からも七十歳は裁判官の定年だし、解雇撤回は無理だねと言われました。本当にそうなのかもしれません。でも、それでも東京都がやったことは許せません。労働組合を憎むのであれば委員長の私だけを首切ればいいのに。三十一人の非常勤講師を巻き込んで整理解雇なんて、黙って仕方がないと受け入れることはできないんです。裁判は勝ち負けだけじゃないと思います。こんな理不尽なこと、許せないんです」

　奈緒子は必死で叫んでいた。三枝もしばらく考え込んでいた。言いたい思いはたくさん感じられた。しかし、

「分かった。本当にそうだ。勝つか負けるかで裁判はするのではない。その前に止むに止まれない思いがあるんだよね。村井さんがそこまで考えているんなら、僕も応援するよ」

「勝たせる会に入ってほしいです。年会費千円です。あとお茶を売っています。これも一袋千円ですが」

三枝は加入申込書に住所と名前を書いた。お茶を手に取って、

「勝たせなくっ茶、ていうんだ」

と笑った。

「村井さんは昔から真っ直ぐだったね。労働組合をやる気持ちがよく分かるよ」

「ありがとうございます。先生にはいつも助けられていました。今回も何よりも嬉しいです」

「昔のまんまだね。何しろ村井さんは好奇心がいっぱいだった」

三枝はジョッキを傾けて、

「息子はどうした」

と、話題を変えた。

「今は、小学三年生の男の子のお父さんよ」

「そうか、白馬へ行った頃の博君と同じ年頃になったんだね」

ずいぶん長い時間が流れた。三枝は今も一人で暮らしていた。

「いつだったか北穂で待ち合わせしたことがあったわね。槍ヶ岳を登った時、三枝先生と木内さんと二人が別コースで、私たちは会えない時は最終日に栃尾温泉で落ち合うことになっていたけど、北穂では結局会えなくて、滝谷を覗き込みながら私はハラハラしてね。もう山では絶対に待ち合わせはしないって決めたの。あの頃は携帯もなかったものね」

思い出すままに山の話になった。

「車二台で北海道へ行ったわね。青森からフェリーで室蘭に行って、層雲峡で一泊して山に入ったわね」

「旭岳まで縦走した」

「さすが北海道の山、雄大だった。いま考えると、本当に良く歩いていたわよね」

「そうだった。宿の食べ物もうまかった。カニの食べ放題だった」

山行計画はいつも三枝が立てた。

「山仲間はみんな元気にしているかな。村井さんが組合をやるから山はもう行かれないって決意表明をしたことあったよね」

「決意表明だなんて」

「あれから、だんだん計画も少なくなってしまった」

「でも忘年会はしっかり参加したわ。集まればみんな、昔に帰って盛り上がったわね」

「若くて元気いっぱいだった」

闘いの真っただ中の奈緒子も、山の話になると活き活きと若い時代に溶け込んでゆく。

「争議と並行して会計年度任用職員制度の闘いも組合の最重要課題なの。地方公務員の非正規全体にかけられた許しがたい法案だわ」

「本当だ。今までは毎年健康診断書を提出して、雇用継続して来たけれど、会計年度になれば、人事評価を経て、確認試験を受けて再採用をするなんて、あれはないよな。この先どうなるのか心配になるよ」

奈緒子より少し若い三枝は仕事を退いたせいもあるのか、自分の考えをはっきりと言った。

「少しばかりボーナスが出るんですって、ボーナスは私たち非正規の長年の悲願だったのよ。でもそれは飴と鞭に他ならないわ。飴につられて労働者の権利を売り渡すようなことは、絶対にしちゃいけない」

「まったくそうだ。村井さんの言う通りだよ。隠された罠を踏んではいけないよ。相手は権力だからね。僕も江戸川にいたころは公務員として生き甲斐もあった。でも最後は再雇用はしなくてもいいと思うようになった。今は好きなように生きているって感じているよ」

「先生とはいつも本音で語れたわ。今日は勝たせる会に入ってもらって何よりも嬉しかった」

奈緒子は帰りの電車を気にしながら話を終わりにした。

原告の三人はそれぞれ事情を抱えていた。他の二人は裁判に顔を出すことはできないが、何か組合の役に立ちたいと言ってくれた。

公共一般は月に二回ニュースを発行している。発送先は組合員だけでなく、全国の主だった労働組合など七千部の印刷と発送をオルグたちは仕事の合間を縫ってやっていた。それを原告三人で手伝うことにした。

Ｂ４判用紙に両面印刷し、折り機で半分に折る。封筒に宛先のタック紙を貼り、それぞれの部数を入れて封をする。大きさ別、重さ別に分けて、伝票に記入し、郵便局に配達依頼の電話をするまで、三人で夕方までかかる仕事だった。

「建築士にこんなこと頼んで申し訳ないですね」と、オルグたちはいう。しかし、これは原告三人にとって、お互いを知るまたとない機会であった。

その年の夏の学習旅行は長野県阿智村に満蒙開拓団の歴史をたどるテーマだった。奈緒子は二人にも是非参加してほしいと勧めたが、叶わなかった。しかし木内健史は、

「僕の親父も満州へ行っていたんだ。青年団として秋田から参加したと叔父さんから聞かされた。だけど親父は死ぬまで満州のことは一切語らなかった。お袋にも言わなかったそうだ。話したくないことをわざわざ聞くこともないと思って、僕も何も聞かなかったけれど、本当は語りたかったのかもしれないな」

と、ぽつりと言った。

能町みゆきは、印刷関係の仕事をしていたので、紙のさばき方が玄人だった。夫と義母の三人暮らしで、夜や休日でも、奈緒子のように気軽に出てこられない立場だった。夫に

内緒で裁判に参加した重みは人一倍だろう。

「忘れられないことがあるわ」

と、能町は話し出した。

「ワープロ製版科の担任が新年度早々に辞めてしまったことがあったでしょ。理由は何だか分からないけど。次に誰かが担任として来るまで講師で繋いでくださいって課長に言われて、私たち講師は担任のする仕事のすべてをやったのよ。すぐ来るかと思ったら、結局一年間、私たちでクラスを回したのよね。公務員を途中で辞めてしまうことがあるんだって、不思議に思ったし、私たちでやり遂げたっていう自負もあったわ。でも、今回みたいに非常勤講師を辞めさせることもあるんだって、とても納得がゆかないですよね。私たち調整弁の役だったんですね。そう思うとやっぱり許せないわね」

木内は山仲間でもあったし、能町とは新小岩まで歩いて、よく一緒に話しながら帰ったものだった。しかし担任が居ないその一年は授業が終わっても事務をやって遅くなっていたことを奈緒子は思い出した。

三人揃うと、訓練のことや担任のこと生徒たちとのこと、共通の話題でいつも賑やかだった。

ＣＡＤ争議は毎月の都庁前宣伝行動に合わせて産業労働局要請をした。ＣＡＤ争議早期終結のための署名を集約して手渡した。また中央労働委員会前の訴えなども定期的に行った。

その他にも、自治労連非正規全国集会では札幌、福島、名古屋、岡山、高知など地方へも訴えに行った。署名も物販もたくさんの方から支援された。

物販ではお茶に加え、木綿糸の「手編みの手ぬぐい」の評判が良かった。これは尼崎の修道女教会が扱っていた。奈緒子は大阪の集会に参加した帰りに尼崎まで足を延ばし、「手編みの手ぬぐい」の仕入れに修道女会を訪問した。宗教には縁遠い奈緒子だったが、ＣＡＤ争議をしている奈緒子の思いを、シスターは心を傾けるように聞いてくれた。

「人々のために行っている争議ですね。私どもの活動と同じです」

と、励ましてくれた。

木綿の栽培から収穫、紡ぎ、糸に仕上げて一針一針編んでいく。綿の自然の色あいと人の手で編まれた温かさが伝わってくる。フィリピンの貧しい女性たちに、栽培から手編みまでの技術を通して修道女が指導し、仕事を創出したとのことだった。職業訓練という共通する思いを共有した。数百枚の注文をすることになり、「手編みの手ぬぐい」といえばＣＡＤ争議というほどの人気商品になっていった。

幕張メッセで行われた日弁連人権集会に、奈緒子は参加した。路上生活の若い女性たちにシェルターを提供し支援活動を行っている女性や、キャバクラユニオンを立ち上げた人、世の中の底辺ともいえるところで、貧困に苦しむ人に寄り添う、いくつもの活動が報告された。奈緒子もテクノスクールの民間委託による非常勤講師三十一人の大量整理解雇を報告した。報告の中に出てきた苦しむ人たちにとっても、職業訓練が必要であると考えさせられた。

この人権集会で得たことは、今までの奈緒子の視野を更にもう一回り広げ支援しあうことの大切さを実感した。尼崎のシスターといい、シェルターを提供する女性といい、心が一際美しい。それは世の中の北風から、子どもたちを包み込む母親の胸のように優しさが溢れていた。

労働組合もこんな心で向かい合わなくてはならないと考えさせられた。

第八章　ストライキ

　裁判とは何なのか、ここまで来て奈緒子は、はたと立ち止まった。

　東京都労働委員会の審問と東京地裁の裁判は、ほぼ毎月行われ、準備書面と証拠資料が次第に積みあがっていった。東京都側の書面は、明らかに嘘である部分や、団交で交わしたこととの食い違いがたくさんあって、悔しい思いも一緒に積みあがってゆく。

　しかしこれらを言葉と文書と証拠をもって解き明かし、真実を明らかにしてゆくこと、これが裁判なのだ。

　東京都は奈緒子たち非常勤講師の契約は民間企業における私法上の契約と違って、公法上の「任用」であると主張し、その任用を盾にとって行われた今回の処分は、解雇には当たらないとして頑なに譲らない。

　組合側弁護士の意見陳述は、

「東京都は雇用契約ではなく、任用だから解雇に当たらないと主張しますが、年度当初に発令される辞令には、有期雇用契約とうたっているではありませんか」

と、証拠の発令通知書を何年分も提示して追及する。

若手弁護士柚木綾子は法廷で、

「使用者の雇用責任を否定した主張は、戦前からの前近代的官令にしがみつき、現実の雇用実態からも乖離した虚構の仕組みである。もはや歴史的に封建的身分制度の遺制に過ぎない」と看破した。

金沢大学の前川教授は任用についての、その歴史的背景も含めて分厚い鑑定書を提出した。

法廷でのやり取りを聞きながら、奈緒子の気持ちは次第に確信へと変わっていく。これが裁判だと実感する思いだった。

そんな中で、事態打開の大きな力となったのは、何といってもストライキだった。

二〇一五年十月三十日、奈緒子はジョブセレクト科の授業の日だった。それをストライキに当てることにした。

「村井さん、あなたたちテクノスクールの非常勤講師は東京都の特別職であって、地方公務員法で公務員から除外され、労働基準法が適用される。したがってストライキのできる身分なんだ。労働者の持つ、この素晴らしい武器をフルに活用しようよ」

織畠はここぞとばかり力を込めて、ストライキの決行に向けて奈緒子を説得した。

奈緒子も年間四十時間という契約で、東京都の特別職非常勤講師として雇用されている意味を、この時しっかりと受け止め納得してストライキを決意した。

公共一般の東京博物館や芸術劇場、都税事務所や足立区国民健康保険徴収員など多くの支部で、ストライキ戦術を構えて闘い、解雇などの事態を打開し、大きな勝利を勝ち取っている。この歴史に、いよいよ自分の番が巡って来たのだ。

しかし、ストライキを嫌う声は奈緒子の周りでも囁かれていた。他の労働組合の人から「ストライキだけはやめた方がいい」と忠告されたこともあった。それでは労働組合とはいえないではないかと強い反発を覚えた。公共一般では堂々とストライキを話題にし、実行してゆく。これが労働組合なのだ。

「なんでストライキまでやらなきゃならないの。十回しかない授業をつぶしてまで」

たまたま家に来ていた息子の博が言った。息子に一言でストライキを納得させる言葉を奈緒子は咄嗟に見い出せなかった。

「お母さんたち東京都の非正規は、正規と同じ仕事をしていても、ボーナスもない、退職金もない。そしていつ首にされるか分からない不安定な働き方をさせられているの。今回のCAD争議も三十一人もの講師が解雇されたんだから。話し合いで解決させたかったのは、むしろお母さんたちだったのよ。だけど東京都は非正規の話などまったく聞く耳もなく、埒があかなくて、止むに止まれぬ思いでストライキを決意したの」

ストライキの歴史を考える時、重い長い闘いの道のりがある。

「ねえ博だって、会社からあんたはもういらないって言われたらどんなに苦しむか、考えてごらん。家族にも話せないかもしれないし、どうやって食べてゆくのか路頭に迷うでしょ」

「お母さんはすぐそう言って、極端なんだよな。公務員は恵まれている方だよ」

「自分のことだけで言っているんじゃないのよ。三十一人も解雇されたんだから」

「もういいよ」

「でも、ストライキは憲法で保障されている、働く者の権利なのよ」

「多分、これ以上話しても、分かったっていうことにはならないから」

息子も頑として譲らない。

「何で『首切り』なんて言う言葉を使うか考えたことある。そこには生きるか死ぬかの切羽詰まった思いがあるのよ」

息子とのギャップはそう簡単に埋められない。自分の息子にさえ、ストライキをうまく伝えられないもどかしさを思い知らされた。

先月、足立校ジョブセレクト科で小野田にストライキを行うことを伝えた時、顔をしかめたきり、一言も話さず教室の引き戸を割れんばかりの大きな音をたてて閉め、立ち去った情景が蘇ってきた。ストライキの日の奈緒子の授業は担任が代行するのだろう。それを確かめることも、引き次ぐことも何もできなかった。

組合ではストライキの準備が着々と進められていた。道行く人に、このストライキが何のストライキなのかが分かるように、日本語の他、英語、中国語、韓国語のチラシを用意した。

「ストライキの日は赤い服を着て来てね」

と織畠が言う。奈緒子に内緒で何か魂胆があるようだ。

十月三十日、爽やかな秋晴れだった。銀杏の葉が黄色に色づきハラハラと舞っていた。都庁北玄関前に支援組合の組合旗が、色とりどりにはためき、参加者は赤地に白く団結と染め抜いたハチマキを結んだ。「ストライキ決行中」の赤いゴシックの太字で書かれた五メートルもある横断幕は、一段と人目を引いた。弁護士は腕章をつけ弾圧に備えている。

いよいよストライキ集会が百四十人の参加者のうたごえで始まった。歌あり、寸劇あり、挨拶あり。この催しは一体何なのだろうかと、道行く人々も興味深気に足を留めた。

そこへ突然、

「そこの赤い服のおばさん」

と、奈緒子を呼び留めたのは、安添都知事役の織畠だった。

「これだから赤はイヤなんだ。ストライキがそんなに楽しいかい。面白いかい。ああイヤだ」

すっかり都知事役になりきっている。

「赤はイヤだ。赤はイヤだ」

と、叫ぶ都知事に通行人役のオルグが、

「ブーイング。東京都はこれだから、おかしい。ストライキが何でいけないの。ああイヤだ」と、調子を揃えて迫る。

寸劇の最中に大勢でチラシをまいた。書記長もすぐさま通行人の役になり、「英語のチラシちょうだいよ」とおどける。

チラシを受け取った外国人からもエールが届いた。参加者を巻き込んだアドリブの寸劇で笑いに包まれ、会場を大いに沸かせた。

社会学者の周藤路夫氏は挨拶で、

「公共一般は時代を切り開く先頭にたって、実力行使を含む果敢な闘争で毎年数百人の雇用を守る闘いを何十年も続けてきた。村井さんへの見せしめのような解雇は本当に許せません。その闘いにストライキをもって正面から闘う労働組合を私は尊敬いたします」

と語った。

東京地評事務局次長の八代誠氏は、

「私の息子はかつて、上司のパワハラが原因で退職しました。希望を失っていた時に、テクノスクールの教官の温かい指導を受けて、今では元気に働いています。このような時代だからこそ、テクノスクールの充実が求められます。テクノスクールは充実・増設こそやるべきであって、利潤を追求する民間の会社へ委託したり、長年貢献してきた講師の先生方を解雇して、生活も保障しないなど、東京都のやり方はとんでもありません。決して許されないことです。ＣＡＤ争議の勝利を目指し最後まで共に闘いましょう」

と挨拶した。

今日の司会者は青年ユニオン委員長だ。

「今日は村井先生の教え子の方が二人見えています。一言お願いできますか」

と、卒業生の石澤勝之に促した。

「えっ、僕はこういう所で話すのは駄目なんです」

と言いながら、それでもマイクの前へ来た。

「都庁の前で、こんなに大勢の人の前で、今すごく上がっています。でも一言先生に励ましの言葉を言いたいと思います。

僕は三年前の江戸川校ＣＡＤ製図科の卒業生です。先生の授業を時々思い出しますが、先生は形状にこだわる人です。実物がどんな形になっているのか、内部はどんな風になっているのか、黒板に大きな立体の絵を描くのです。それがあんまり見事なので見とれてしまいます。時には模型を作ったりもします。円柱を斜めに切った切り口の実形が想像できなかったとき、思いついたように『そうだ』と言って、講師控え室の冷蔵庫から太いソーセージを持ってきて、カッターでバッサリと斜めに切りました。あ、楕円だ。みんなが納得です。実寸法はどこに現れ、曲線は通過点の集合だということが分かるのです。みんなが納得するまでこだわるところが好きでした。

そんな体験をしながら、描いた平面がグッと盛り上がるように立体となって見えてくるのです。どんな複雑な図面でも、形が浮かぶようになったのは先生のお陰です。殆どの生徒は初めて製図を習う者です。決して怒らない。分かるまで丁寧に教えてくれます。

先生は自己紹介の時、年齢を言いました。僕は自分の親を思い浮かべながら、先生の溌溂とした姿に感動しました。

先生が東京都から、解雇されたと聞いた時、なんと理不尽なことだと思いました。江戸川校は僕らの母校です。世の中に貢献しています。でも、もっと驚いたのは、こんな理不尽に対して、先生が裁判の道を選ばれたことです。今、先生は多分七十歳です。僕はここに先生の素晴らしさが表れていると思いました。

同級生に声をかけて先生を応援しようと話しました。先生、どうか体に気を付けて頑張って下さい。僕たちも応援します」

いつも裁判の傍聴に来てくれる長谷川恵子は、

「私は江戸川校で先生に助けられました。先生が居なかったら途中で退校していたかもしれません。それだけじゃありません。その後、娘も息子もテクノスクールに入って先生たちにお世話になりました。七十歳で裁判をする先生、素敵です。万歳」

参加者に交じって二人の姉や夫が居る。深く頷いている姿が奈緒子には心強く思えた。遠くに新田によく似た青年が見えた。しかしあちこちから声をかけられている間に見失ってしまった。「新田君来てくれたんだ」そう思うと奈緒子は嬉しかった。

「私は個人としてこのストライキに参加しました」という声に目を向けるとマイクを握っているのは、何と先日ストライキだけはやめた方がいいと言った人だ。

「村井さん、職場復帰を目指して頑張って下さい」

考え方の違いを越え、たくさんの方たちから支援されていることを奈緒子は感じた。

ＪＡＬ争議を闘っている仲間たちの歌にも、公共一般合唱団コールラパスの歌にも闘う仲間を励ます温かさが溢れていた。

このストライキの為に、いつも集会など車の手配や音響、マイク等を用意してくれる元タクシー運転手の中野さん。印刷物、ハチマキ、バッテリー、その他たくさんのものを、オルグはじめ青年たちが、こぞって準備をしてくれた。

このストライキに公共一般の各支部が自分たちの要求を掲げて参加した。

区立図書館司書の発言は、今年度いっぱいで解雇を言い渡されている人からであった。

「こんな理不尽なことは許されない。自分も今日はストライキに参加していることで、解雇撤回を闘う決意を述べます」

国立新美術館支部の未払い残業代を支払えという訴えもなされ、彼らもストに参加した。

突然、通りがかりの人の中から「ウィシャルオーバーカム」の歌声が沸き起こった。外国人たちも一緒に歌い、手を振っている。目を見張る光景だった。

都庁側にずらりと並ぶ、いかめしい制服に身を包んだ警備員たちも、いよいよ集会も終わりかと動き出した。と、そのうちの一人が奈緒子に近づいてきた。一瞬どきっとさせられたが、

「私たちも東京都の非常勤職員です。頑張って下さい。ビラを一枚下さい」

と言ってきたのだ。

「是非、ご連絡下さい」

ビラを手に立ち去る警備員の背中に奈緒子は声をかけた。

裁判では準備書面、証拠説明書、意見書、陳述書、ニュース、チラシ等などおびただしい書類が交わされる。それらをよく読み理解して、整理し記録する。裁判の到達点、次の行動等を提起する。それらは書記長はじめ担当オルグの役割で、実によくこの激務をこな

してくれていた。

ＣＡＤ関連科目で、国と東京都の直営と委託の比率の比較、委託前と委託後の就職者数の比較等が一目で分かるグラフを作成して、資料のリーフレットを作るなど宣伝に力を入れた。

事務所の書記にイラストレーターの女性がいる。闘いの様子を見事に表現する挿絵をチラシに描いてくれた。会場で配ると通りかかった人から、

「絵が素晴らしいからもう一枚下さい」

と、声がかかる。初めてのストライキは感動的な盛り上がりのうちに終わりを迎えた。

一斉に片付けが始まった。道に散らかったゴミを拾いながら、

「こんな物があったよ」

と、青年が道路中央の花壇の中に二台のＩＣレコーダーを見つけた。それは当局が早めにセットしておいたものらしい。

どこかでこのストライキの一部始終を見ていたのかも知れない。総務局はそこまで神経をすり減らしている。ＩＣレコーダーは不埒な敵に返すこともなかったが、織畠は先ほどチラシをもらいに来た警備員に手渡した。

「あらまあ、こんなことするんですか。当局の盗聴もバレバレだ」

警備員は苦笑いをした。

後日、図書館司書が解雇撤回を勝ち取り、新年度からの雇用が守れた。国立新美術館の非正規職員も未払い残業代を支払わせた。ストライキの威力は目に見えて偉大だった。

公共一般では、毎年秋に彼岸花ハイクというバーベキュー大会を行う。西武線沿いの高麗川《こまがわ》べり、河原いっぱい真っ赤に染める彼岸花は圧巻だ。彼岸花は何と不思議な花だろう。示し合わせたように一斉に赤く咲き染める。火の海のようだ。

同じ時刻、同じ場所で一斉に立ち上がるストライキのように奈緒子には思えた。非正規の思いをそこに重ねた。私たち非正規は共に連帯し一斉に行動しよう。赤き火の花となって。

彼岸花の灯は何処までも
土手に河原に果てしなく
この日目指して一斉に
赤き火の花　咲き誇る
仲間のともす灯は途切れなく
職場の隅々駆け巡り

その時目指して一斉に
火花となって起ち上がれ

彼岸花の灯のように
非正規の灯よ　燃え上がれ
紙屑みたいに使い捨て
生きることさえ　ままならず

虐げられし者たちの
心の叫び　灯となって
咲けよ　赤い彼岸花
燃えよ　俺たちの灯となって
燃えよ　私たちの灯となって

奈緒子が書きとめた詩に、札幌合唱団の作曲家が曲をつけ、混声四部の合唱曲になった。今ではコールラパスの持ち歌となっていた。みんなはＣＡＤ争議から生まれた歌というが、奈緒子は非正規みんなの歌だと思う。非正規の悲願から生まれた歌だ。何度歌っても力強く胸に迫ってくる。

月一度のジョブセレクト科の授業日、担任は職員室にも教室にも準備室にも姿がなく、他の職員に聞くと「いらしていましたよ」と言うのだが、見当たらない。本来なら、朝は挨拶を交わし、授業の打ち合わせをして始めるのだが、話もできないまま教室に向かった。授業に使う教材も道具も小野田は何も用意していない。教室の側面が倉庫になっていて、資材入れの棚から製図道具を用意した。

ストライキを行ったことがそれほど許しがたいのだろうか。面と向かって汚い言葉を投げつけられるより、授業を妨害する行為こそ、最大のパワハラではないか。

クリスマスも近くなったので、クリスマスツリーを作ることにしていた。画材店で深緑色の厚い用紙を求めて用意した。樅ノ木を立体的に作る。樅ノ木のジグザグを寸法通りに二枚製図して、中心線の中点まで上からと下からに切り込みを入れ組み合わせる。この製図こそ今日の勉強だ。するとイメージどおり形の良い樅ノ木が立ち上がった。みんなの作品を並べると樅ノ木の林になる。生徒たちはそのツリーに、折り紙を細く切って輪にした鎖や、くつ下や橇などを描いて飾りつけをした。その嬉しそうな姿は、そのまま奈緒子の喜びだった。

「しばらくここに飾っておきましょう」と窓際のラックの上に並べた。

授業を終え挨拶を交わした時だった。小野田が教室に入って来て、いきなり、「村井先生の授業は何の役にも立っていない」と、大声で叫んだ。帰りかけた生徒も異様な雰囲気の中で、その場に立ちすくんだ。奈緒子は何と返せばよいのか迷いながら、

「何か、問題なことがありましたか。あれば是非ご指摘下さい」

と言った。しかし、小野田は何も答えなかった。自分で考えろとでも言いたいかのように、さっと背を向けてそのまま教室を出ていってしまった。

「……アガリのくせに」

廊下で小野田の叫ぶ声がしたが、よく聞き取れなかった。

小野田自身が何かに深く傷ついているのだろうか、心を病んでいるのか、そのように奈緒子には感じられた。

もしかしたら奈緒子自身に問題があるのかもしれない。でも具体的に話してもらわないと何も伝わってこないではないか。

考えても、考えても、それが何なのか分からず迷路に迷い込むようだった。生徒の作品をラックに並べたことを言っているのか。それとも、いつも楽しそうに授業を進めている奈緒子の態度に向けられたのか。

最初の打ち合わせの時「先生はベテランですので自由にやって下さい」と小野田は言っ

た。どんなに教材や授業の相談をしたくても、小野田は奈緒子を避け続けているではないか。ぐるぐると谷底に落ち込んでゆくような果てしのない不安に取りつかれた。

晴れない気持ちを引きずったまま翌月の授業の日、電気科の組合員の講師と廊下ですれ違った。その講師から、

「村井さん、時間数が増えているね」

と言われた。産業労働局から追加発令があって、その一覧の中に奈緒子の名前があったとのことだった。

しかしそのことは担任からは奈緒子に知らされず、その時初めて知ることになった。だがすでに申し込みの期間が切れていて追加発令をその年度内に使うことができなかった。

このことは局との団交できちんと問題にしてゆこう。これからも担任のパワハラは更にエスカレートしてゆくだろう。「村井先生の授業は何の役にも立っていない」、こんなことで傷ついては居られない。これしきのことで揺らいでどうするのだ。

その時不意に「……アガリのくせに」が、蘇ってきた。「訓練上りのくせに」だ。その言葉に違いない。訓練生が修了した後、担任などに請われて指導員になることを指している。学歴もないくせにという蔑んだ意味を含んでいるのだ。

これは自分の中に深い傷を負い、長く尾を引くだろう。しかし、小野田のこれまでの態度はこのことが根底にあってのことだったのだ。そう思うと納得ができた。理由が解れば

傷はやがて癒える。これしきのことで揺らいでどうするのだ。もう一度奈緒子は心で叫んだ。

三月一日に第二波のストライキを打った。三十五団体百数十名の参加者で、最初のストライキに増して、大きなストライキ集会となった。仲間同士、互いに参加することで励まし励まされることを実感した。

その日、都庁にパリ市長の訪問があると守衛がそっと教えてくれた。

パリ市長に届けとばかり「民衆の歌が聞こえるか」が、うたごえの仲間から一斉に沸き起こった。レ・ミゼラブルの歌だ。

一回目と同様に、各団体から支援の挨拶が続々と続いた。

「すべての人に健康で文化的な生活を保障するために、職業訓練を公的に無償で保証すること。これが世界の常識です。公共職業訓練の縮小・民営化はもっての外です」

「CAD争議は村井さんらの首切り反対だけでなく、都民・国民の生きる権利を保障する闘いでもあります」

「私にはちゃんと名前があるのに、職場ではパートさんと呼ばれます。正規と同じ仕事をしているのに一時金もなく低賃金で、まるで調整弁のように首切り自由。こんなことがまかり通っています。おかしいです」

ストライキは怒りの炎に包まれた。

「ストライキは、やるぞっと口にしただけで、当局はビビるんだ。労働者が『それは権利だ』と目覚める一番輝いている姿がストライキにはあるんだよ。ストは労働者の素晴らしい学校だ」と織畠は何度も言った。


一方、小野田による、追加発令を知らせなかったことや、三六《さぶろく》協定（労働基準法第三十六条の労使協定・労働時間の上限規制）の書類を渡さなかったこと、必要な会話をしないなどのパワハラ行為は、産業労働局との団体交渉で取り上げ、調査するよう申し入れた。


三月下旬、局のその調査結果が出された。

「本人に調査しましたが、問題になるようなことはなかった。他の講師にも村井さんと同じ対応をしている。従って小野田には何の問題もない」

と、これが調査結果だった。山元調整課長の、木で鼻をくくった言い回しは、まさに現代の悪徳代官そのものだ。奈緒子の落胆は大きかった。このことは今後引き続いて問題にしてゆくと、固く拳を握りしめた。

ところが、小野田は三月末日で突然異動となった。新設科の開設委員までやった担任は一年しか続かなかった。小野田の問題行動は異動という形をとって終止符が打たれた。東京都は小野田の数々のパワハラの事実を前にして、そうせざるを得なかったのだ。

幸い四月からの担任は、こまめな連絡と教材準備などもスムーズに行い、奈緒子の授業も順調だった。

毎年十一月三日を中心にテクノスクール各校で技能祭が行われる。その日の朝、全都十数校の校門前で一斉に公共一般職業訓練ユニオンのビラまきをする。本部、支部挙げての協力体制で臨んだ。非常勤講師の労働組合がここにあること、生徒の抱える問題も解決してきた事例などビラに載せ、ＣＡＤ争議の内容も伝えた。

奈緒子は江戸川校のビラまきに参加した。桜色の紙に印刷されたビラの受け取りはとても良かった。公共一般江戸川動物園分会はじめ江戸川教組、江戸川区労連、新婦人など、たくさんの方々がハンドマイクで訴え協力してくれた。

以前障害者校の亀谷がビラを大事にとっておいたことを思い出して、奈緒子も種まきのように、いつか芽を出すことを期待して手渡した。もう奈緒子の知る生徒は居ない。

「この学校にＣＡＤ製図科があったのですか」と聞かれて、そこで非常勤講師をやっていた者ですと、ビラを渡した。

校門前には万国旗が連なり、各科の訓練内容をアピールするポスターが所狭しと貼り出されて、技能祭の雰囲気を盛り上げていた。開場を待つ人の長い列ができていた。

十一月二十八日、第三波のストライキ統一行動を都庁前で行った。うたごえで始まり、更に元気溢れる集会となった。

東京都との団交も積み重ねられ、年内に東京地裁は十回の公判と証人尋問が行われ、東京都労働委員会も同じく十回の調査と審問が行われた。

二〇一七年、正月気分も抜けないうちから、弁護団会議があり、組合側証人として千葉大名誉教授尾田幸宏氏が証人に立つことになった。

三月二十三日、年度末にさらに第四波のストライキ統一行動を決行した。時間をおかず、ぐいぐいと畳みかけてゆくストライキの威力が、東京都に重く伸しかかっていることを感じる。

このストライキには原告の木内健史が初めて顔を見せた。奈緒子たちは団結と染め抜かれた赤い鉢巻をしているのだが、木内は一人の通行人のようにゆっくり都庁前の道に差し掛かり、「やあ」と奈緒子に合図して、しばらく立ち止まっていた。木内はこの日の盛り上がった集会をしばらく見学していた。

二〇一七年四月五日、東京都労働委員会に於いて、組合側証人千葉大名誉教授の尾田幸宏証人の審問が行われた。尾田幸宏氏は、教育学・職業訓練の研究者として、国際的な基準や職業能力開発促進法等の国内法に照らし合わせて、ＣＡＤ製図科の民間委託の違法性を明確に指摘した。

「職業訓練は日本では教育と別に考えられがちであるが、本来教育と一体であり、教育基本法の中でも、職業訓練は社会教育の基本的な一つと把握される。日本国憲法、世界人権宣言や国際人権規約（A六条の一）で労働権は適職選択権として構成・規定され、同規約（A六条の二）は労働の権利の実現のため国は職業訓練の計画・政策を展開すべきである。また十三条では、それらを無償で行うと規定する。これらは生存権的基本権としてその公的な積極的保障が要請される。

ユネスコ条約・勧告では、権利の実質的保障のため職業相談、熟練を要する職業の知識獲得、職業移動、技術進歩での再教育、職業訓練を受けている者への一般教育など、幅広い教育構造を求めている。

また教授する者には非常勤も含め知識更新機会や雇用条件の保障を求め、教員の地位に関する勧告（雇用安定、恣意的処分からの保護、非常勤にも常勤と時間比例した報酬等を規定）が適用されるとしている」

尾田氏の話は、分かりやすく整然として、聞くものに感動を与えた。相手側にも伝わってゆくだろうと思えるほどだった。

「こうした公的な権利保障の一環である職業訓練の民営化は全く不適切である。そもそも教育指導能力は経験の集積により、訓練の質の向上のためにも身分保障による経験蓄積の保障が特に重要である。それを委託によって断ち切るのは訓練の充実を図るべき訓練行政の責任放棄である。

さらにＣＡＤは製図の一種だが、製図は機械、建築などの基礎であり図面と物体の対比や実際の加工・製作の体験が教育として望ましいのに、今回のＣＡＤ製図科の委託は、事務系コースしかない教育施設が委託先であるために、製図教育に必要な教育環境が破壊され、教育効果が著しく減る措置である。

そして委託の際に定員を半減させたことは求職者のニーズに対応しておらず、受け入れがたい。しかも応募者数が減り、就職者は約三分の一に減っている。こうした実績からもＣＡＤ製図科の民間委託は失敗であった」

尾田氏のこの発言が、裁判を大きく動かし、勝利への重要な布石となった。

次は奈緒子が、東京都側の反対尋問に臨む。何を聞かれてもよいように、今までの経過などを辿って準備をして臨んだ。

被告側東京都の女性代理人は開口一番、

「村井さん、あなたはＣＡＤで図面が描けますか」とあけすけに小馬鹿にするような態度で質問をした。

「はい、もちろん描けます、どのような分野の図面ですか」と聞き返した。

ＣＡＤ製図科では、機械が中心であるが、建築、電気、土木など幅広く描く。ここから

本筋に入って、ＣＡＤについての専門的な尋問が始まるのかと思った。すると代理人は慌てて、

「あ、もういいです」

と、自分から話を打ち切ってしまった。それっきり口を開こうとはしない。

「これで尋問は終わりですか」

奈緒子は呆気に取られて質問した。すると代理人はムッとした表情を露わにして、

「終わりです」

そう言って椅子に反り返って座った。

傍聴席から思わず笑いが漏れた。いったい何が聞きたかったのだろうか。法廷でいつも横柄な態度を振りまいている弁護士だが、的を射ない反対尋問で、さっさと切り上げてしまった。何でも受けて立とうと勇んでいた奈緒子には拍子抜けのあっけない反対尋問だった。労働委員会での尾田氏の証人審問は争議のターニングポイントとして、端的に状況を変化させていった。


産業労働局との団交の当日、会議室組合側の席で当局を待っていると、調整課係長の糸井が一人でやってきて織畠を手招きした。織畠は糸井と共に産業労働局の執務室へ入っていった。間もなく織畠が戻ってきて、

「村井さんちょっと」と呼んだ。

「局の方から村井さんに、今日の交渉の最初の部分は席を外してほしいって言ってきたんだ。リフレッシュルームで少し待ってもらえるかしら」と言われた。

「はい」

とは言ったものの、理由も分からず奈緒子は疑問の表情だったのだろう。

「心配ないよ。必ず良い方向に行くと思う」

と、言いおいて織畠は会議室へ入っていった。

都庁二十一階のリフレッシュルームの窓からは、眼下に新宿公園が広がって見えた。梅雨前の一際爽やかな緑が別世界のようだ。しかし、樹々の間に間にブルーシートが垣間見え、今の世の中の現実が突き付けられるようだった。

待つこと一時間近く、織畠が迎えに来た。会議室は当局側と組合側の二列の長机が距離を開けて置かれている。いつものメンバーが並んでいた。糸井は立ちあがって、

「村井さん、どうも失礼いたしました」

そう言って申し訳なさそうに奈緒子に頭を下げた。

「はい、どういたしまして」温厚な人柄の糸井に奈緒子も応えた。

「実は今、織畠さんはじめ組合の方々と具体的な話をいたしました。率直な話でもあり、ご本人を前に直接お伺いするのも申し訳なく思いましたので、予め組合のお考えをお聞き

しました」

　糸井は、この争議を最初から担当し、一番苦労をしている人だ。課長、係長がこの三年で代わる代わる入れ替わる中、糸井はすでに課長代理になっていたが、唯一経緯の全てを熟知している人だった。

「三人の原告の中で村井さんが一番年長の七十代、能町さん六十代、木内さん五十代と言うことで、テクノスクールでは定年はありませんが、ほぼ七十歳で皆さんに今後の方向をお話ししています。そんな事情もありまして、木内さんには東京都の直雇用非常勤講師を、村井さんと能町さんには直接雇用ではなく、キャリアアップ講習を担当願えないかと考えています。いかがでしょうか。

　キャリアアップ講習とは都の非常勤ではないが、直接の委嘱で行われる一般市民向けの講習で、事実上の直接契約関係の講師である点では変わりありません」と慎重に丁寧に説明した。

　織畠は奈緒子にそっと「何かあっても労使関係は変わらないから大丈夫ですよ」と耳打ちした。

　キャリアアップ講習は時間単価も高く、講師の間では人気があった。

　奈緒子はその提案でよいと思った。働き盛りの木内は当然今まで通り東京都の直雇用の非常勤講師とならねばならない。能町は複数の科のワード・エクセルを担当している。Ｃ

AD製図科で失った時間数を、キャリアアップ講習で補える。解雇を言い渡されてから今日までの、様々な場面が奈緒子の頭の中を駆け巡った。CADの講師としてあと数年は働ける。今まで特別職非常勤講師としてストライキまで打った。これは非常勤講師としてまばゆいばかりに躍動した日々であった。これを受け入れ勝利解決に向かおう。心からそう思えた。

「はい、それで結構です」

奈緒子の答えに、糸井はほっとした表情で笑顔を見せた。

「糸井さん、色々お骨折りありがとうございました」と織畠は言った。奈緒子も頭を下げた。

何年か前の江戸川校技能祭へ糸井と数人の局の職員が見学に来たことがあった。校長に案内されながらCAD室前の廊下で奈緒子とすれ違ったその時、糸井の方から声をかけてきて、周りの人が、驚いたように見返って通って行ったことがあった。糸井はいつも偉ぶることもなく穏やかな人柄であった。そんなことを思い出しながら、解決に向けての一歩を踏み出した安堵感が双方に漂い会議室を満たしていた。

キャリアアップ講習は様々な職種のコースが百数十組まれている。講習の形態は主に二人体制で三日間、二十四時間の授業が行われる。

原告たちへの職の紹介にはその後、局の中で講師の組み合わせと実施時期等の調整に大変苦労したようだった。団体交渉の時の構想では、現在行われている講習の中に組み込む予定だったが、二人組体制がしっかりでき上がっていて、原告が入る余地がなかった。

結局、原告たちのために新たに「建築ＣＡＤ初級」という科目を東部と南部のテクノスクール二ヵ所に開設することになった。木内と奈緒子で担当する。能町にも新たなワード・エクセルコースを用意し、もう一人も組合員から配置することに決まった。糸井は、この作業の重要な役割を担った。

裁判を始めて三年、二〇一七年十一月二十八日、第五波のストライキ統一行動を決行した。この三年間で五波のストライキを打ったことは、確実に当局を追い詰めた。ストライキを東京都はどれほど恐怖に思ったことだろうか。

産業労働局は事業部局としてこの先、委託民営化を順調に進めたい立場にあり、そのためには、この争議はできるだけ早く終わらせたいはずだ。

しかし、官房の中枢司令塔総務局は、ここで公共一般を何としても潰したいという執念から、和解は決して認めない。そうした内部の矛盾した関係が次第に重い空気となって伝わってくるようになってきた。この変化に合わせるように原告たちの職場復帰を巡る労使交渉はいよいよ具体性を帯び始めてきた。

二〇一八年、大詰めとなる年開けである。一月十六日の産業労働局との団体交渉には、原告の木内健史が初めて参加した。職場復帰の具体策が示される段階になって、原告本人の意思確認が必要だった。

示された紹介内容はＣＡＤではあったが電気系や機械系の科目だったため、木内は首を傾げて言った。

「私は建築士です。ＣＡＤならば何でもよいというものではありません」

と、自分の意思をはっきりと当局に伝えた。能町にはエクセルの一般向け講習、奈緒子にもＣＡＤ初級の一般向け講習が提示された。組合ではそれぞれ持ち帰り検討することにした。

その後、産業労働局は木内には武蔵野テクノスクール校と障害者校の建築科二ヵ所の講師を紹介した。能町と奈緒子は一般向け講習を承諾した。

木内はテクノスクールの二ヵ所の公募を受験し、東京都の直雇用の非常勤講師として合格した。

織畠は木内の合格の通知があった時、

「朗報です。ＣＡＤ争議原告全員職場復帰。裁判・労働委員会で民営化の破綻を追及したことがターニングポイントになった。行政相手の実に稀有なケースだ。この壮挙をいち早くニュースで知らせよう」と叫んで、勝たせる会へメールで送った。勝たせる会は北海道から沖縄まで四百人を超す会員が加入している。この知らせを待ち焦がれている会員の元へ瞬時に流れていった。

この間、東京地裁の裁所長との面談が、主に金銭上の賠償責任を巡って三回行われた。裁判所は一貫して金銭はあり得ないと判決を引き延ばし、東京都労働委員会の出方を見守る態度であった。

職場復帰は判決・命令の前にすでに、四月より実施されるという異例の事態であった。このことに鑑み、東京都労働委員会の和解協定案の中で授業時間数を将来に向けて漸次増やす努力を明文化させた。これは金銭賠償を補って余りあるものであった。

二〇一八年四月九日、来日中のＩＬＯ結社の自由委員会のカレン・カーチス事務局長と懇談した。

奈緒子はＣＡＤ争議原告の立場に加え、公共一般委員長として、書記長の山崎と、青年ユニオン委員長、織畠、共闘する他団体の方等と一緒だった。日本が批准したＩＬＯ条約八十七号、九十八号を遵守し一般職の非正規地方公務員に対する労働基本権を回復するよう勧告すること。ＩＬＯ憲章二十四条解雇に反対する権利等を訴えた。奈緒子は、非正規は調整弁のごとく、いつでも解雇の憂き目にあわされる身分であり、ＣＡＤ争議の非常勤講師たちの思いを胸に、究極の組合つぶしとして「会計年度任用職員制度」を導入し、労働基本権を奪うことは許しがたい。日本政府と東京都の公務労働政策を質すために、この様な状況をＩＬＯで取り上げていただきたいと述べた。

カレン氏も大きく頷き、全労連・自治労連のバックアップを得て申し立てすることが大切であると強調した。

東京都労働委員会が始まろうとしている時間だった。奈緒子の携帯が鳴っていた。「コ
ンパス山の会」の中山由美からだった。

「今、都庁第一庁舎に来ています。労働委員会へどう行くのかわからなくて」

中山は大阪に住んでいる。わざわざ出てきたのだろう。

「エレベーターで三十八階まで来られますか、そこで待っているから」

何年ぶりだろう。山の会でたくさんの山を一緒に歩いてきた。

「あ、先生」

「中山さん、大阪からわざわざ来てくれたのね」

「東京に来る用事があって、裁判の日に合わせたの。勝たせる会のニュースに日程が出て
いるので、お会いできました」

控え室に案内して、支援の皆さんに紹介した。中山にも挨拶してもらった。

「私はトレース科時代の生徒ですが、今は家でＣＡＤを使って仕事をしています。私みた

いにテクノスクールをしっかり利用した者はいないのではないかと思うほど、職業訓練で学んだことが、今もずっと役に立っています。大阪に引っ越しても同じ仕事ができるのが嬉しいです。先生のお陰です。今度のＣＡＤ争議も先生らしいなって思っています」

と、この日の労働委員会に力強い応援となった。

産業労働局の団交では原告三人の仕事の斡旋についてさらに詳しい話がなされた。これは明らかに尾田証人の発言が事態を変えてゆく力となったに違いない。

都議会各党各会派を回りＣＡＤ争議の支援を訴えてきた。その中で共産党都議団との懇談会が行われた。ストライキの時は都議の方が応援に駆けつけて激励の挨拶をもらった。また議員が直接ＣＡＤの委託先に調査に入ったり、足立校で職業訓練の見学をし、その必要性を都議会で発言してもらった。この懇談会ではこれらの詳しい話を直に伺うことができた。奈緒子は大きな力を感じた。

その後に行われた東京都側の証人尋問で小石能力開発課長が、

「職業訓練は教育ではない」と、強弁した。

「訓練講師に求められるものは、即戦力として生徒を世の中に送り出す能力を持っていることだ」と付け加えた。

それにしては民間委託先の訓練が失敗しているではないか。ここを組合側に攻められることは何としても避けたいという思いがありありと伝わってきた。ＣＡＤ争議を早く終わらせたいという思いは、むしろ都側の方に強く働いていたことは明らかだった。

小石課長が言った即戦力、これは以前奈緒子自身も訓練生によく使っていた言葉だ。就職して直ぐに役に立つ力を身につけること、確かにその通りなのだが、裁判を通して、準備書面を重ねてゆくうちに、その言葉が気になってしかたなかった。

多くの人々が初任者研修などまったく行われておらず、即戦力も虚しく、自己責任を押し付けられ、苦しめられているのが現状だ。

職業訓練は人間にとって、大切な未来に繋がる技術の習得であり、充分時間をかけて身に付けてゆくことが必要なのだと思う。裁判を通して、今まで安易に使っていた言葉にも注意が必要だと、奈緒子は改めて気付かされた。

第九章　非正規のうた

二〇一八年、春から夏にかけて「都政新報」などの取材や全労連・非正規で働く全国集会、勝たせる会総会、官製ワーキングプア集会、都庁前集会など、奈緒子はありとあらゆる機会を捉えて支援を訴えてきた。

そしていよいよ勝利への最終段階を目指す闘いへ突入した。九月二十七日には、東京都労働委員会の和解協議が控えている。

労働委員会を前にして二十一日、東京都との、おそらく最後の攻防戦になる団体交渉がもたれた。双方ともなんとしても最終決着にこぎつけたいという意気込みが漲っていた。

組合側の攻勢で協定案はほぼ煮詰まっていたが、組合がこだわったある文言を巡って激しい駆け引きがまだ残されていた。前回の労働委員会で公益委員より東京都側に対して「講師の担っている重要な役割に鑑み」と言う文言を協定書に盛り込むよう、粘り強い説得がされた。奈緒子たち講師にとって、よくぞ言ってくれたと大きな喜びを感じていた。

しかし東京都側は、

「その文言だけは入れられない」

と拘泥した。

講師たちを無情に切り捨てた東京都としては、この文言は決して相容れられないものであった。この土壇場においてもその姿勢をあからさまに滲ませていた。

しかし、組合側は一歩も退かなかった。

「解決金を求めないとまで譲り、講師たちもそれで納得した。しかしながら職業訓練の在り方が争われた本件の本質に照らせば、行政の過った姿勢を和解協定書で問い糺そうとする公益委員の見識こそ、全面解決を促すものであり、説得に応じるのは当然至極ではないか」

と、最後の団交となるこの場で詰め寄った。

「虫が良すぎる」都側の席から囁きが聞こえた。

「今、何とおっしゃいましたか」

奈緒子は即座に問い質した。

「いや、何も」

「虫が良すぎるだと、その言葉はあなた方に値するのだ」

織畠の激しい言葉が飛んだ。都側の席に座る者すべてが腕組みをしたまま黙している。

織畠が突然机を両手で強く叩いた。

「もういい、帰ろう」

ノートを閉じるとカバンに放り込み、

「次は住民監査請求だ」

唖然とする奈緒子や他のオルグたちを置いて、さっさと会議室を出て行ってしまった。

今まで積み上げてきた到達点が、一気に崩れる音を感じた。

エレベーターの前で織畠に追いつくと、

「あれでいいんだ」

と、サバサバした面持ちで言う。織畠の戦術は譲るところは大胆に譲るが、譲れないところは梃《てこ》でも動かない。その鮮やかな使い分けを目の当たりにした。

組合事務所に着くと、間もなく電話が鳴った。案の定、産業労働局の人事課長からだった。

奈緒子たちが会議室を出て行った後、都側はついに自分たちの敗北を悟ったのだ。

「その文言を入れさせていただきます」

土壇場での織畠の痛快な計算だった。

実に清々しい和解協定書の成立となった。

二十七日、奈緒子は午前中に足立校ジョブセレクト科の授業を終え、組合事務所へ向かった。

「ＣＡＤ争議勝利和解」の長い横断幕を大型プリンターで印刷していた。組合事務所は調印式の準備などで大わらわだった。

「声明文を直ぐ出せるように準備しておかなくてはならない」

織畠は早口で言った。

「はい、労働委員会の命令を聞いて、弁護士の話も聞いて準備します。ああ忙しい、忙しい」

十六時から始まる東京都労働委員会での公式調印までに時間はあまりない。しかし、事務所のみんなが、そわそわしていて落ち着かない。嬉しさを隠し切れない。

「村井さん、挨拶の言葉を考えておいてね」

「はい」

と奈緒子も応えたが、挨拶の言葉など考えている余裕もなかった。

労働委員会の最終和解は淡々と行われた。
一、被申立人は、本件組合員三人の東京都講師（特別職非常勤職員）としての任用について、今後とも引き続き応募可能と思われる科目の紹介や公募に関する情報提供の配慮を誠実に行う。

また、任用により難い場合は、例えばキャリアアップ講習講師としての委嘱も含め、本件組合員三人の能力を活かせる任用以外の方策を探る努力を誠実に行う。

当該配慮等については、新たに公募等を行う見通しとなった時に、できるだけ早く、かつ応募の機会を逃すことのないよう、きめ細かに、申立人を通じ行うなど、適切な方法で行う。

二、被申立人は、東京都の公共職業訓練において東京都講師が担っている重要な役割に鑑み、東京都講師の任用について、今後労使紛争が起きないよう以下のことに努力する。

以下五項目について、団体交渉で積み上げた通りの内容となっていた。

役所があまり使わない言葉遣いが各所に用いられている。文語調を控えめに、口語調でむしろ散文的でさえあると感じられる。

組合は和解協定締結後、東京地裁の裁判を取り下げ、東京都労働委員会の申し立ても取り下げるとした。

調印は申立人東京公務公共一般委員長の印に続き、代理人弁護士六人の印、被申立人三人の印、東京都労働委員会の委員三人の印が並び割印が押された。

三年半、十八回の東京地裁、二十三回の東京都労働委員会、そして東京都との団体交渉は何と三十八回を数えた。こうして積み重ねてきた見事な結果を手にして、ＣＡＤ争議は勝利解決した。

傍聴人とともに控え室に戻った一同は満面の笑顔だった。間もなく労働者側委員が控え室に来て、

「よくがんばり通しました」

と、労いの言葉をかけてくれた。

女性のその委員は、いつも奈緒子に心のこもった言葉をかけ気遣ってくれた。今の労いの言葉は、そのまま労働者側労働委員に捧げたいと奈緒子は思った。

弁護士が一人一人挨拶した。弁護団長の平田氏は最後に、立ち上がって挨拶しようとしたが言葉に詰まってしまった。泣いていたのだ。それ程の裁判だったのだと、奈緒子も今初めて都労委の場で涙が流れた。六人の弁護団には心からお礼を言いたい。

夫、泰志もいた。姉たちもいた。卒業生もいた。本部の人、支援の組合員、みんな言葉もなく、勝利を噛みしめた。

「あっ、記念撮影だ。この瞬間を撮り逃すとメディアの皆さんから袋叩きだぞ」

織畠はいつも剽軽者だ。「ＣＡＤ争議勝利和解」の三メーターもある横断幕が飛び出した。背景に聳えたつ都庁舎の、それも知事室眼下の広場に全員移動だ。

「さあ、みんな拳を握って。ハイポーズ」

「勝ったぞー。ＣＡＤ争議、勝ったぞー」

巨大な庁舎の谷間に歓喜の叫びが木霊した。

奈緒子は七十歳で裁判を始め、今は七十三歳になった。良く闘ったと思う。遅いようで早かった勝利の到来が、まだ実感できないまま、喜びあう仲間の真ん中に、奈緒子は包まれていた。

凱旋の帰途。オルグが一足先に新宿西口近くの居酒屋の二階を手早く借り切っていた。

織畠が一升瓶を高く掲げて叫んだ。

「夢見る若者のごとく、老いたる勇者には旨酒が待っている。この勝利は一生忘れんぞ、この銘酒の一升瓶も一生忘れんぞ。このロマンに惹かれてここまで頑張って来たのだ。飲兵衛の諸君、乾杯！」

勝手な乾杯に、どっと笑いがはじけた。


ＣＡＤ争議の勝利に酔いしれていた半月後、共産党だけが反対したものの「会計年度任用職員制度」が国会で成立し、二〇二〇年度からの施行が決まった。非正規の地方公務員に伸しかかる不当極まりない制度だ。砂を噛むような、やりきれない思いだった。

そんな思いを吹き飛ばすかのように十二月二十一日、お茶の水の全労連会館で「ＣＡＤ

争議勝利記念シンポジウム＆祝賀会」が行われた。シンポジウムでは、ＣＡＤ争議の総括的な話がシンポジストたちから報告された。

弁護団を代表して矢作弁護士は次のように発言した。

「本件は東京都のテクノスクールの民営化に伴う特別職非常勤職員の任用拒否である。任用は行政処分であり、雇用契約でないため解雇権濫用法理が適用されない。あとは義務付け訴訟しかない。しかし、任用しないことが裁量権の濫用だという事情がないかぎり、それはできない。このように裁判の入り口で色々考えました。

かつて公共一般が中野区非常勤保育士事件において、雇用保障への期待権による最大限の損害賠償を認めさせた画期的な勝利判決の経験から学び、特別職公務員に認められているストライキを活かし勝利解決に結び付けていった経験と、加えて特別職は労働委員会に申し立てができること。ここで不当労働行為を追及していく。

一方、公共一般職業訓練ユニオンでは廃校・廃科が起きたとき、労使交渉で関連する他科への配置転換等で雇用を継続してきた労使関係があった。それに比べ、今回は雇用継続を問答無用といきなり拒否し、三千人の労働組合である公共一般の委員長を解雇したことは明白な不当労働行為であると追及しました」

続いて織畠からは、本件争議の四つの重要成果という総括説明があった。

「①原告の職場復帰を和解成立以前の二〇一八年四月に果たしたこと。

②解決後も経済的補償を確保し『任用の壁』を超える雇用契約的協定を結んだこと。
③『講師の重要な役割』と『再び紛争は起こさない』という将来に向けて反省表明を明記させたことは異例なことであった。
④原告以外の非常勤講師にも雇用保障の道を開いたこと」
と総括した。更に続けて、

「公共職業訓練の責任部局である産業労働局は民間委託の失敗がボロボロと噴出してくることに慄き、新自由主義の古池都政の進める委託民営化路線に悪影響を及ぼすようなことがあってはならないという立場であり、一方の総務局は、公共一般結成当初から二十八年間に及ぶ公共一般つぶしで執拗に不当労働行為を繰り返してきた。官房の中枢としてＣＡＤ争議をトコトン長引かせる立場で一貫して動き、非正規の組合、公共一般を消滅させることを最終目標に置くような部局であった。

この二つの部局の立場の違いが出始めたことを組合は見逃さず、行政の巨悪を暴くのはここだ、今なのだと、五波のストライキを打ち、旺盛な宣伝行動を行った。

解雇され既に職場には存在していない労働者が、組合員として持てる権利を駆使して、三十八回におよぶ団体交渉で追い込み、都庁の遠謀を打ち砕いたのです」

奈緒子はいまさらながら公共一般という労働組合がここまで相手を深く認識して、冷静に分析する力を備えていることに不思議な感動を覚えた。

結成以来、幾十もの争議で一万人もの不当解雇を撤回させてきた極めて戦闘的な集団だ。優れて理知的修練を、苦しい争議の中で積み上げてきたのだ。その歴史の先端が今この瞬間なのだ。

会場からは、最初に奈緒子がお礼を兼ねて発言した。

「この重大な争議で原告三人、心を一つにして最後まで闘いきれたことは、本当に嬉しいです。北海道から沖縄まで四百人を超す勝たせる会の皆様、六人の弁護団の先生、意見書を書き証人に立って下さった先生方、マイスターの会の皆様、争議団の皆様、卒業生、家族、姉妹、そして公共一般の本部支部、オルグの皆様、その他数えきれないたくさんの皆様に支えられて今日を迎えられたことが、本当に嬉しいです。心からお礼申し上げます。CAD争議は非正規が、公に面と向かって闘いに挑んだ、とんでもない事件です。なんと素晴らしい非正規の勝利でしょう。皆様に心からお礼申し上げます。ありがとうございました」

続いて宮下足立区労連議長が発言した。

「今日の舞台の看板『東京都に勝った』の文字は本当によく気持ちが表れています。任用の壁を突破して事実上の労働協約問題に引き込んでいった。この協定書を見て、非常に画期的なものだと思いました。闘う労働組合、ものを言う労働組合が、職場の周辺に存在していなくてはならないと、改めて重要な教訓を学ばさせていただきました」

そして公共一般と共に闘った足立区立図書館館長解雇事件を勝利させた話、足立区戸籍業務の民間委託に対し住民と共に闘いを起こし直営に戻したことなどが語られた。

シンポジウムのあと、会場は短時間で祝賀会の宴会会場に変身し、たくさんの料理と飲みものが並べられて一気に華やいだ。三人の原告が揃いたかったが、能町みゆきは来られなかった。

この日初めて木内健史は原告として参加者の前で挨拶をした。奈緒子と二人、舞台に上った。持ちきれないほどの花束を抱えて、木内は支援者へのお礼と、職場復帰を果たした思いを語った。

「こんなお祝いをしてもらおうとは、夢にも思わなかった。この裁判に参加したのは、公共職業訓練からＣＡＤをなくしてしまうのは、何としてもおかしいと思ったからです。そのことを言うのはＣＡＤ製図科の非常勤講師しかいないと思いました。みなさんのご支援のお陰です。本当にありがとうございました」

奈緒子は元気でこの日を迎えられた喜びと安堵を語った。

「七十歳を過ぎてからの裁判、最後まで元気で闘いたいと思い続けてきました。それが叶えられて嬉しいです。この裁判は小さな子供が横綱を背負い投げしたように、非正規が東京都に勝ちました。東京都に勝ったのです。本当に嬉しいです」

会場はこの日を目指して溢れんばかりの参加者で、それは一面に咲く彼岸花のように、勝利の賑わいで包まれていた。

記者会見の時も勝利集会の時も、シンポジウムも、ＣＡＤ争議の勝因は何かと問われれば、裁判で繰り広げた、民間委託の失敗の例、違法の数々、税金の無駄遣い等を、弁護士もオルグも、整然と語った。

当然、勝つべき裁判だったことを、三年半かけて明らかにしたのだ。

東京都は「闘う労働組合つぶし」、これしかなかった。ＣＡＤ製図科は民間委託の必要性など全くないことを、当局自身が一番よく承知していたはずだ。

東京都が絶対に表には出せない本当の理由「闘う労働組合つぶし」をひた隠しに隠し、民間委託にカモフラージュさせた事件であり、そこが東京都の最大の弱点でもあった。

たまたま公共一般の委員長が職業訓練ＣＡＤ製図科の非常勤講師だった。都はそれを最大限利用した。東京都の特別職でスト権を持っている非常勤講師たちを、都は絶対に許せない。必ずこの組合をつぶす。それだけが執念のように目的となってしまったのだ。

公共一般は東京都のその弱点にピタリと焦点を合わせて、証拠も書面も審問もすべてそこへ注ぎ込まれた。理論的にも、また行政の不作為にも、目を逸らさなかった。組合はこうして正義の闘いを繰り広げたのだ。

殆どの労働争議は「売られた喧嘩」だが、これを覆してゆくことは至難の業である。よくぞ勝利できたと思う。千に一つの勝利ともいえる。

労働者は一人では闘う術を持たない。労働組合なしに勝つことはできない。困ったときの駆け込み寺のごとく、労働組合は労働者に寄り添うのである。公共一般はその役割を十二分に発揮した。


やがて祝賀行事も終わり、奈緒子は気が抜けたように、「終わった、終わったのだ」と繰り返し言っていた。今までの時間の流れとまるで違う勿体ないような時の流れだ。それでもこの争議が自分にとってどういう意味を持ち、なぜ勝つまで闘えたのか、これから何をしなくてはならないのか、気が付くとしきりに考えていた。


そうした時期に執行委員会で山崎書記長が行った報告は衝撃的だった。

「会計年度任用職員制度が二〇二〇年度施行を控えていますが、そのための研究会が総務省ベースで行われていたことは周知の通りです。そこで専ら東京都の関与で制度導入が進められたことが国の資料を調べて判明したのです」

東京都の関与で制度導入が進められたという。ＣＡＤ争議と関連があるのだろうか。大変な問題を含んでいる。奈緒子は即座に質問した。

「ＣＡＤ争議とはどのように繋がるのでしょうか」

「問題はここからです。公共一般の中野区の保育士争議、この度のＣＡＤ争議、これらの苦い経験をベースに雇用制度を抜本的に変える必要があると当局は考えた。非正規公務員も正規公務員と同様に、争議権と団交権を抑制するよう、東京都が強力に働きかけたことが総務省研究会報告議事録に記されていたのです」

そうだったのか。書記長の話が、ずしんと胸に落ちた。

会計年度任用職員制度は、奈緒子たちも含む地方公務員の非正規労働者にかけられた歴史的な大改悪の任用制度だ。毎年三月の会計年度をもって非正規公務員は全て一律に雇用を打ち切り、採用試験で毎年雇用し直す制度であった。今までの経験も実績も関係なく、ふるい落とし自由となる任用制度である。これは世界中の労働法にも例を見ない悪法なのだ。

〝ふるい落とし〟、それはものを言う人間の排除に他ならない。

解雇は全て合法化され、しかも争議権は剥奪され労働委員会への申し立ても禁じられる。現行公務員法が全て適用される。首切りも争議権も法で封じる法律が、ＣＡＤ争議終結の直後に国会で成立されてしまった。

ＣＡＤ争議の勝利とは何だったのだろうか。奈緒子は深い困惑の淵に立って、権力者たちの支配構造への飽くなき執念と、底知れぬ強さを覚えた。

ある学習会で労働者階級の真の勝利は、もっと根本的な勝利を手にする時代にこそ、訪れるのであるという話を聞いた。労働者はそこを目指す社会へと進める闘いが必要なのだということを学んだ。そうだ奈緒子は今はっと気が付いた。ＣＡＤ争議の勝利は、そのための大切な一歩だったのだ。

「私たちはこの悪法にあらん限りの力を注いで廃止させなくてはならないわね」

「百万人近い非正規公務員との根本矛盾は、これまでとは比較にならないほど吹き出すさ。法制度を正すだけでなく、僕らは既にこの制度がもたらす人権破壊と甚大な被害の実態を告発する全国的集団訴訟の検討を開始するのだ」

と、織畠は話した。

非正規労働者に次々と押し寄せてくる波はますます高くなるばかりだが、私たちの方も前よりももっと賢く強くなっていかねばならないと奈緒子は感じた。


年の瀬が近づくと何枚かの喪中の知らせが届いた。岩瀬校長の奥様からのものもあった。

「主人は退職後、読書三昧で過ごしました。寡黙で、無欲な人でした」とある。

山仲間の三枝慎もＣＡＤ争議の勝利も知らずに亡くなった。大切な人が一人二人と遠い世界へ旅立ってゆく。

今年はいつもより多くの年賀状を出してＣＡＤ争議の勝利を知らせた。

小野田和雄と片桐芳江には新年の挨拶文のみの賀状を送った。CAD争議を始めてからは、二人からの返信は来ない。今は奈緒子が一方的に送るだけだった。このことが良いことか悪いことか奈緒子には結論が出せないでいる。それはきっとCAD争議の痛みを今も引きずっているということだろう。

佐々木信哉の年賀状は、家族が作ってくれたのだろうか、九十五歳の葉書いっぱいの笑顔の写真だった。

一月も終わるころ一枚の葉書が届いた。

「迷惑です」と目に飛び込んできた。咄嗟に誰だかすぐ分かった。小野田からだ。「迷惑です。年賀状はいりません。心が重くなるだけです。もう決して出さないで下さい」と書いてあった。どうすればよいのだろうか、考えもないまま、時間だけが流れていった。

「訓練上がり」。学歴の低い者を蔑むこの言葉に奈緒子は深く傷つけられた。しかし、それは上には上の、果てしなく続く分断なのではないか。悪のスパイラルに他ならない。それを使うしか自分を立て直すことができない者の、自信の無さがそうさせるのだ。哀れに思えた。小野田は相変らず、他人を貶めることでしか自分を持ち堪えられないのかもしれない。そう考えると奈緒子の中ではすでに「訓練上がり」は乗り越えられた気がする。在るがままで良い。それが一番強いことなのだ。それがアイ・アムで生きることなのだ。

しかし、それでも返信があったことは、かすかな喜びであった。

月一回のジョブセレクト科の授業は楽しかった。一辺五十ミリの立方体で「よく溜まる貯金箱」をデザインした。製図して光沢のある厚紙で作る。コインを入れると、斜めになった入り口からすーっと滑り込んで、もう取り出せない。

「さあ、展開図を描いて作りますよ」

「斜めの長さが解りません」

「側面図に答えがあるわよ」

「えー、どこに。教えてよ」

「分からないことは、解ることの始まりよ。側面図を良く見て探してね」

「先生って、意地悪」

「そう、先生は意地悪です」

その子の肩をポンと叩く。

「あ、これだ。この線の長さだ。簡単じゃん。これがよく溜まる仕掛けだ。お金を入れたら、もう取り出せないんだ」

十代の生徒はけらけらと笑う。その笑いは奈緒子を励ます。

裁判で勝ち取った「キャリアアップ講習」は成人向けの「ＣＡＤ建築初級講座」。一日八時間、三日かけて平屋の平面図を五十分の一の尺度で描く。生徒は二十人。建築関係の仕事をしている人が殆どだが、初めてCADを扱う人たちだった。コマンド演習を一通り終えると、いよいよ図面に入る。

「一枚の画層に何でも描いてはいけません。中心線の画層には中心線だけ、交点に柱を描く時は柱の画層を選んでくださいね。画層を使い分けて描くと編集や訂正がとても便利です。これがCADの優れたところですね」

生徒は自分のパソコンと講師の画面を同時に並べて開くことができる。講師の画面を見ながら描き始める。

「はーい先生」「先生」「先生」あっちからもこっちからも手を挙げて講師を呼ぶ。木内と一緒に教室中を駆け回る。

「仕事してるって感じ、いいね」と、一日があっという間に過ぎてゆく。二人の息のあったチームワークだ。

花見シーズンが幕あけした。

「今日は隅田公園の満開の桜の下で、天気にも恵まれ公共一般恒例の団結花見です。普段は本当に忙しい我々ですが、今日は夕方までゆっくり食べて飲んで楽しい話題で桜に負けない賑やかな会を開きましょう」

山崎書記長の開会のあいさつに続いて、奈緒子の乾杯の音頭で宴会が始まった。段ボールを敷き詰めて、その上にブルーシート四枚を広げた大宴会場は、台東支部の組合員たちが作ってくれた。

団結花見大会は公共一般の恒例の行事だ。年度末の苦しい雇用継続の闘いを勝ち抜けば団結花見が待っている。だから争議団は花見に期待を託して勝利を目指す。団結花見は勝利の祝賀会であり、新たに決意を固める場でもあった。

「司会をやらせていただきます青年ユニオンの書記長です。いま青年ユニオンと学生班は、めちゃ頑張っています。今日は思いっきり飲むぞー。食べるぞー」

一斉に拍手が起こる。

「ではマイクを回します。いま一番言いたいこと、みなさん話して下さい」

ひらひらと花びらが舞っていた。持ち寄ったごちそうがブルーシートに並んでいる。心地よい風は特別の花見日和を演出している。

「はーい、青年ユニオンの新人です。ネットで探して青年ユニオンに辿り着きました。上司のパワハラで心を病んでしまいました。今休職中です。ユニオンのみんなに助けられて会社と交渉しています。私は絶対に治って仕事に復帰します」

「がんばれー」とあちこちから声がかかる。

尾田教授は、今日はカジュアルな装いで、

「桜は私たちに元気をくれる花ですね。今日の花見楽しみでしたよ。僕の教え子が今、青年ユニオンの学生班で頑張っています。奨学金のローンで苦しむ学生たちを支え、バイト先の無茶な働かせ方に抗議をしています」と語った。

「弁護士の平田です。ＣＡＤ争議を勝利解決させることができて本当に嬉しかった。公共一般は今の世の中に、なくてはならない労働組合です。弁護の甲斐がありました。村井さんよく頑張りました」

「ありがとうございました」

と奈緒子が応える。

「では続いて織畠でーす」桜が覆いかぶさる席から、織畠が話し出した。

「ろくに弁護士料も払えない私共ですが、公共一般に、よくぞ付き合って下さいました」

「何をおっしゃるんですか、私は公共一般からたくさんのエネルギーをもらっています」

共に涙した勝利の日が、奈緒子の胸には鮮やかに蘇る。

「公共一般の花見は最高だ」

「中野区保育争議元原告の福井です。村井さん、ＣＡＤ争議の勝利おめでとう。今日は心置きなく飲みましょう。私もあの中野区保育争議を闘って勝利し、職場復帰して今も働いています。子供たちが可愛くて、保育士は私の天職です。今日は中野争議から生まれた〝先生だいすき〟を歌いましょう」

「青年ユニオンに入ったばかりの組合員です。みなさん、貧困ってどういうことだか分かりますか。私は今、毎日実感しています。一日二食で、ひもじくて、食べられる雑草なんか摘んで食べたりします。食べ物が何にもなくて本当に困っていた時、大塚でフードバンクの長い列に出逢いました。誰でももらえるのですかって聞くと、どなたでも利用できますよって言われました。嬉しかったです。お米や野菜や果物、生理用品まで、いただきました。こんなに嬉しかったことはありません。今日はこんなにごちそうが並んでいて、涙が出そうです。就職が決まったらきっとご恩返しします」

「いっぱい食べな。これも美味しいよ」と、あちこちからか、優しい声がする。

「古民家の研究をしています。テクノスクールの非常勤講師です。人間がやりたい放題の自然破壊をしているので、シベリアのツンドラが融けて大きな穴が開いてしまいました。自然界のバランスが壊されると、大変なことが起ります。このことを私は精一杯訴えていきます」

賑わいの只中、仲間と過ごすこんなに楽しい一時に奈緒子は身を委ねていた。

「労働組合ってどんなところか見に来ました。学校栄養士です。色々教えて下さい。何だかみんな楽しそうですね。隅田川にも屋形船が浮かんでいます。労働組合って、こんなことしょっちゅうやるんですか」

「しょっちゅうやりたいでーす。争議ばかりじゃ、やり切れませんよ」

「ほんと、年度内ぎりぎりまで交渉してがんばったから、花見が嬉しいんだよ」

「大田区保育士の信江です。大田区は会計年度任用職員制度を先取りして、私は雇い止めになりそうです。私は公共一般の組合員で大田支部の役員をしています。区との交渉もばっちりやります。大田区はそれが気に入らなくて団交に応じません。苦し紛れに『やりとり』と言う言葉を使って話し合いをしました。団交拒否はやっていませんというポーズです。でもぜんぜん内容が無いのです。私たちは『やりとり』にはストライキで応えまーす」

花びらと一緒にみんなの話が子守唄のように聞こえる。やっぱり非正規の組合はいいなあ、勝利の花見は最高だ。闘いに勝って、年度末の雇用更新を越えて、みんなのほっとした顔に桜が一際美しい。

「僕は、フィットネスクラブでインストラクターをしています。週五日働いても社会保険はありません。夜十一時までは残業代も出ません。食べてゆくだけで貯金もできません。こんなことといつまでやっていくんだと、希望が持てないんです。こんな者でも青年ユニオンに入れますか」

がっちりした体のその青年は、体に似合わず小さな声で語った。

「是非入ってください。みんな同じ気持ちでここへ辿り着いたのです。事務所で細かい話を聞かせていただきます」

そこへ木内が一升瓶を持って現れた。

「あっ原告が来た、原告、ここだここだ」

織畠が紙コップを持って奈緒子の隣に座った。

「ううっ、それは秋田の銘酒だな」

「織畠さん、元気そうですね」

「そうだよ、僕は生涯飲兵衛だよ」

「お酒はオルグにとって燃料みたいなものですね」

「そうさ、勇気の持続再生可能エネルギーだよ」

「では、秋田の酒で乾杯」

「労働者諸君、私こんなじじいですが、ここが一番居心地がいい」

そこへギターを抱えた青年がやってきた。

「さあ、コールラパス出番ですよ」

「アルコールラパス出番ですよ。村井さん、花見はいいね。最高だ。花見は退任しても、いつまででも来ていいんだよ」

織畠の心はすでに満開状態だった。

「それは嬉しいわね」

正規の人にはこんな楽しい花見はあるのだろうか。ふとそう思った時、小野田の顔が浮かんだ。『私は都人ですから』。あの時の苦し気な表情。奈緒子の年賀状は、傷口に塩を塗り込むようなものだったのかもしれない。

「なにしてんのよ、泣いているの」

福井に肩を揺すられて奈緒子は我に返った。

「明日を夢見ていたのよ」と言った。

ギターが鳴り出した。

「皆さん立ってくださーい」

「俺は立てないよ」

「最初はインターナショナルです」

たて飢えたる者よ

いまぞ日は近し

醒めよ我が同胞

暁はきぬ

本当に歌の好きな仲間たちだ。

「次は中野保育争議の歌、先生だいすきです」

ほっぺの色はにんじん

真っ白い歯はご飯

　みんなもらって大きくなれ
「大きくなーれ」
　福井が大声で叫んでいる。
「非正規のうたを歌いましょう」
　彼岸花の灯のように
　非正規の灯よ燃え上がれ
　この時目指して一斉に
　火花となってたちあがれ
　非正規のうたが流れている。どうしたのだろう。この歌を聴いていると涙がこぼれそう。
　片桐芳江とは、もう四年も会っていない。電話も住所も知っているのに、この距離は何と遠いことだろう。
　木内が耳元で話し出した。
「片桐さんが、うちの校へ非常勤講師として来たんだ」
「えっ、ほんと」
「また一緒になっちゃったよ。一昨日講師の顔合わせがあってびっくりしたよ。江戸川じゃ、出講時間を随分取られたからな」

「元気そうだった」

「元気だね。相変わらずだよ。色々困っているらしくて、授業時間の獲得に懸命だよ」

「今度、会いたいわ。あれっ切りっていうのも辛いから」

奈緒子は片桐のことも、ずっと気になっていた。小野田も片桐も闘う相手ではないはずだ。

「是非会える機会を作ってもらいたいわ」

「え、何でそんなことするの。片桐さんはマイペースでしっかりやっているよ」

「そんなもんかしら」

「そんなもんだよ。前を向いて歩かなくっちゃ。山登りみたいにね」

そこへ江藤直子がきた。

「村井さん、隣に座っていいかしら」

江藤は長いこと臨時教員をやっている。

「どうぞ」

木内が席を立って織畠の側に行った。

「私、ここに来るのは心苦しかったけれど、やっぱり来てしまったわ。まだ、次の仕事が決まっていないのよ」

江藤は三月まで多摩地区の特別支援学級の臨時教員をしていた。同一校の継続を希望したが、再任用がなされなかった。年度を越して今も、教育委員会と交渉を持っていると言う。

「桜の時期には、次の仕事が決まっていなくては、花見なんかできないわよね」

「江藤さん、差し当たりの生活はどうしているの」

「貯金を崩している。でもすぐ底をついてしまいます。担当のオルグの方にもお世話になって近々面接になるかもしれないけど。だから今、とっても辛いの」

江藤は深くため息を漏らした。

「生活保護を申請しましょうよ。仕事が決まるまで食べ繋いでいかなくてはならないわ。是非生活保護を考えてみて」

「私もそう思う。教師の仕事が見つかるまででも、そうしたい。教師以外の仕事は考えられないもの」

「江藤さんを突き動かしている原動力は何かしら」

「それはね、子供たちからもらうものが大きいからだと思う。自分の名前を書けない子がいて、真面目に字だけを教えても、絶対にやろうとしない。そんな時私はね、一緒に遊んだり、ゲームをするの。そうすると生き生きと目を輝かせるの。サイコロは算数の良い教材だし、カルタは国語の教科書。三ヶ月で名前が書けるようになって、字も読めるようになって。それが嬉しくて、子供のことを良く見て、これならできると自信を持って遊びの中に引き込むの。あの子にはこんなことしよう、この子にはこれはどうかって、年中教材のことばっかり考えているのよ。特別支援学級って、私の生きる喜びなの」

江藤の笑顔にそれが良く表れていた。

「正規の担任は早く名前が書けるようにして下さいと、急がせるけど、子供のこと、あまり見ていないのね。それに子供のしかり方がとてもきついの。子供はしかっても育たないわ」

それは奈緒子も同感だった。

「子供をもっと信頼して良いのだと思う。子供同士でケンカになってしまった時など、どうしようか、どうしたいのかって、子供自身に聞くの。中に入ってどっちの話もよく聞いてあげるの。それだけでケンカが終わってしまったことが何度もあったわ。子供の意見はとっても大切なのよね」

江藤は目を輝かせていた。子供たちに向ける愛情に溢れていた。どうしてこんな熱心な先生を細切れのように使い回すのだろうか。奈緒子にも怒りと哀しみが被さってくる。

「村井さん、私は臨時教員の会をやっているけど、こんな目に会っているのは私だけじゃないのよ。若い女の先生だけど、校長に結婚したことを話したら、今年は子供をつくらないだろうねって念を押されたのよ。普通はまず先におめでとうって言うわよね。

私は、今年度の仕事が決まらないから、毎日の生活は辛さの中にあるけど、それよりもっと悲しいのは、子供たちとお別れの挨拶もできなかったことなの。ある子供のお母さんはわざわざ来てくれて、来年もうちの子供の担任でいて下さいって泣いてくれたわ」

「江藤さん、是非組合と一緒に頑張ってね。生活保護を受けながら、という方法も選択肢に入れてみてね。手続きする時は必ずオルグに付き添ってもらってね。江藤さん、今の話みんなにしてあげて、江藤さん一人の問題じゃないもの」

江藤は少し考えていたが、立ち上がった。さっとマイクが回ってきた。

「教育ユニオンの江藤です。私は花見になってもまだ次の仕事が決まっていないのです」

この苦しみはみんなにも痛い程分かる。潮が引くように静まり返って一斉に江藤を見た。

その時、江藤の携帯が鳴った。

「あ、済みません」

江藤は席を外し、少し離れたところで「はい、はい」と言いながら長い話をしていた。戻ってくるとさっきとはまるで違うキラキラと明るい表情で言った。

「皆さん、明日面接になります。少し遠い支援学級ですが、頑張ります」

一斉に拍手が沸き起こった。

半月ほど経った日、予想もしなかった片桐芳江から年賀はがきが届いた。

「遅くなりましたが、今年も宜しくお願いいいたします。色々ありましたけど、今は足立校に加え、武蔵野校が今年から増えて、忙しくしています」

奈緒子は何度も読み返した。肩の荷が半分下りたような安堵感が湧き上がってくる。嬉し涙がじわーっとこみ上げてきた。

返事を書こう。小野田はどうしているのだろうか。様々な思いが交差してゆく。「迷惑です」も浮かんだ。でもきっといつか、繋がれるかもしれない。

二〇一九年十月の公共一般の大会で奈緒子は委員長を退任した。初代丹治春美から八代目、九年間の最長を務めた。

新委員長の斉木正一は国家公務員の再雇用を中断して公共一般の委員長に就任した。非正規の労働運動に、人間性溢れる公共一般の運動に魅せられて決意したのだった。長い公務員としての知識は、今度は非正規のために発揮される。これこそ公共一般が望んでいた人材だった。

奈緒子は副委員長として引き続き公共一般に在籍する。織畠はこの大会で全ての役職を退いて顧問になった。

公共一般では次なる闘いが始まっていた。

大田区非常勤保育士の「会計年度任用制度」を先取りしたような首切り争議だ。新委員長を先頭に、蒲田駅前の大田区役所前で、師走の寒風を突いてストライキが決行された。

「私は保育園の子供たちが大好きです。今まで通り延長保育で働きたいです。区の偉い方は延長保育のこと、お分かりですか。子供たちはお迎えの時間がきて、一人また一人と帰ってゆきます。だんだん寂しくなる時間帯なのです。私たちベテラン保育士はそんな子供たちにぴったりと寄り添って心を通わせます。

私を辞めさせる本当の理由は何なのでしょうか。労働組合に入っているからですか。納得のいく理由を聞かせて下さい」

原告保育士は庁舎に向かって訴える。赤い鉢巻を巻いた組合員たちは一斉に拳を高く突き上げる。大地から伸びあがってくる赤い彼岸花のようだ。


年の瀬の一日、青年ユニオンの賃金未払いの抗議行動が、メーカー本社ビル前で行われた。

青年ユニオンの旗が北風に煽られている。奈緒子も織畠も支援に駆け付けた。

マイクを握る青年は訴えた。

「非正規は物言わぬ弱虫ではありません。自分の思いを言わないから、弱者になってしまうのです。私たちはおかしいことはおかしいと言います。正規と同じ仕事をして長時間働いて、賃金は正規の三分の一です。おかしいと思いませんか」

織畠は目を輝かせて聞き入っていた。

「村井さん、いいね。社会への発言権に目覚めていく若者をみていると、非正規の明日が近づいて来るのを感じるね」

織畠は腰に手を当て、丸みを帯びた背中を伸ばして、

「村井さん、これからの目標は何だと思う」

と急に真面目な顔で言った。

「会計年度問題ですね」

「ズバリ、そうだ」

「公務の現場でボーナスは非正規の悲願だった。しかし、労働者の権利と引き換えにはできない。それに付け込んで、労働者から憲法二十八条を取り上げ、スト権も争議権も取り上げるんだぜ。紛うことなき憲法違反だ。今にみておれ、非正規の集団訴訟で必ず突破口をあけてやる」

「引退してもまだまだやることがあるわね」

「そうさ、残された時間はみんなのために使いたいね」

そう言って更に織畠は、

「もう一つ大事な目標があるよ。何だと思う」

と、謎かけのように奈緒子を見た。

「えっ、何でしょう」

「それはだね、村井さんが今までずっとやってきたことだよ」

「何だろう」

「文化だよ。メーデーの起源の話だ。一日、八時間は労働に、八時間は休養に」

「後の八時間は自由に」

「そう、労働者の文化も労働時間のように搾取された結果が今にある。労働争議も文化運動も、奪われたものを取り返す闘いでもあるからね」

「そうか、文化ねえ、何だか今登山口に立ったような清々しい気分だわね」

ストライキの時はうたごえが大活躍だったが、ＣＡＤ争議が精一杯で、色々な文化行事が中断されていた。

「夏の旅、文章講座、星を見る会、彼岸花ハイク」

「村井さん、出番がたくさんあるね」

「それともう一つ、私やりたいことがあるの」

裁判でパワハラの立証は、実に難しいと思った。組合を訪れるパワハラ被害者たちの訴えが、奈緒子には痛いほど伝わってきた。

パワハラは誰にも見えないところで被害者の内心を攻撃する。しかもそのことを明らかにするために、被害者は再び傷つく。

「人は信頼し結び合うから、生きてゆけるのだと思うの。おしゃべりの場を作りたいの。心が折れそうな人たちに、なんでも話せる温かい居場所が必要だと思うの」

「村井さん、きっとできる。争議でもらった温かさをみんなに返してゆく。僕も手伝うよ」

「あと数日で新しい年が訪れるわ。来年は会計年度任用職員制度が施行される。闘いは続くけど、今日も若者たちに元気をもらったわね」

集会も終わりに近づいた時だった、一斉にうたごえが沸き上がった。

たて飢えたる者よ
いまぞ日は近し
醒めよ我が同胞
暁はきぬ

非正規のうたごえは吹き荒ぶ師走の木枯らしに乗って、ビルの谷間から上空へと響き渡っていった。

あとがき

四十年を超す長きに亘って東京都の職業訓練非常勤講師を勤めてまいりました。その最後に来て解雇という辛い経験をしました。

一九九〇年非正規の労働組合、都区一般（後の公共一般）の結成に参加し、二〇一〇年に執行委員長に就きました。東京都は組合結成当初からストライキ権を持つ非正規の労働組合を認めず、ついに民間委託という手段を使ってＣＡＤ製図科の非常勤講師三十一名の大量解雇を強行しました。しかしその攻撃に屈することなく、裁判に立ち上がった原告三人は三年半の闘いで全員職場復帰を勝ち取りました。

私はこの争議を通して、今までの自分からもう一歩、粘り強くなれたという貴重な経験をしました。職業訓練という職業と、労働組合運動は私の生きる支えとなりました。

小説「非正規のうた」は、『民主文学』に二〇二二年一月号から九ヶ月間連載させていただきました。この度それに手を加えて、単行本として出版できたことを大変嬉しく思います。

非正規の置かれた理不尽な立場、それにめげず立ち上がる勇気、人間の優しさなど、非正規の在りのままの姿が伝えられたとしたら、私の一番の喜びとするところです。

職業訓練の師である故佐々木信雄先生に感謝の気持ちを込めてこの本を捧げます。

そして労働組合の指導者であり都区一般労働組合の創始者である小林雅之さんには、法律関係のこと、労働組合の具体的な活動などご指導いただきました。心からお礼申し上げます。

弁護士の方々、民主文学の方々、ご支援いただいた沢山の方々に厚くお礼申し上げます。

二〇二三年二月四日　　著者

解説

小林雅之
（東京公務公共一般労組顧問）

1

「非正規のうた」は、『民主文学』に二〇二二年一月号から九月号まで連載された長編小説である。作者は東京都立職業訓練校の非常勤講師として四十七年間勤務している。

主人公村井奈緒子は町工場のパートからやがて都立公共職業訓練校の講師にまでなっていく。そこには夢や希望ばかりでなく身分差別に苦しむ同じ非常勤講師たちがいて、就職につまずいた若者たちもいる世界であった。奈緒子は勤続四十年、七十歳の時に解雇され、撤回争議の原告として闘う。勝利して職場へ復帰する話が小説のクライマックスにおかれている。社会性と階級意識に奈緒子が目覚め成長していく過程が丁寧に描かれ、それが作品の通奏低音となって流れている。単なる争議物語ではなく、一人の女性のヒューマンドラマでもある。

公営職場は安定していると言われているが、それは正規公務員にはそうであっても「非正規」公務員にあたる非常勤講師には極めて不安定で劣悪な厳しい職場である。

そこに四十七年間も勤務し続けることはいかに困難であるか、この作品からいやでも伝わってくる。奈緒子も含め非常勤たちは次々と雇い止めに遭ってその多くが去っていく。それが現実の公務職場である。作品中に出てくる「一年ごとの雇い入れ直し」が日本では公務員法で堂々と規定されているところに原因がある。作者が実際に長い年月職業訓練校で直接関わった解雇事件は十校にもまたがり、救出した人数は四十七人になるという。この他にも直接関わった事件は民間職場にも及び、その数は優に百人を超えている。

このような実績の背景には、実名で出てくる東京公務公共一般労組の存在があってのことである。公共一般では二百件を超える解雇争議を闘い、これまでに一万人以上の労働者を救出することに成功してきた。今どきめったに見られない戦略性と強靭な闘争力を備えた労働組合といえる。しかも組織の成員は非正規労働者が中心をなす「単組」（合同や連合ではない一つの基礎的組織体）として三千人が結集する組合である。不安定雇用であるがゆえに毎年二百人から三百人が退職を余儀なくされるが、これを上回る新たな加入者の拡大を毎年続けている。作者はこの組合の中央執行委員長の任務についていた期間だけでも九年間、組織の先頭に立っていた。職業訓練校には千人を超える非常勤講師がいて、全都内で東にリストラあれば奔走し、西に首切りあれば闘えと励ます。そんな危ない非常勤講師を東京都が放っておくはずもなく、ＣＡＤ争議は起こるべくして起きた事件であった。

奈緒子は最終的に解雇撤回して職場復帰を果たす。いわば物語はハッピーエンドに幕引きできるところだが、「非正規のうた」はそこで終わらない。勝利した奈緒子たちの前にはさらに大きな大災厄が待ち受けている。そのスタート地点に立たされるところで物語は終わる。なぜそのような閉じ方にしたのだろうか。

それを考えるにあたっては次の歴史的事実を見ておきたい。ＣＡＤ争議が解決へ向けてしのぎを削っていた二〇一七年五月、国会では「会計年度任用職員制度」という戦後の公務員法改正の中でも歴史的な悪法を成立させている。その施行がＣＡＤ争議解決直後の二〇二〇年四月に実施される。その事実をこの作品の最後に当てた訳である。

――毎年三月の会計年度をもって非正規公務員は全て一律に雇用を打ち切り、採用試験で毎年雇用し直す制度であった。今までの経験も実績も関係なく、ふるい落とし自由の任用制度である。これは世界中の労働法にも例を見ない悪法なのだ（傍点引用者、以下同じ）――

もの言う人間の排除も法的に合法化される。そればかりでなく争議権団結権も封じ込める法律がＣＡＤ争議終結直後に実施される見通しにあったからである。この狙いは公共一般などの闘う非正規公務員の壊滅を狙った法改正であることは明らかであった。東京都と総務省は「非正規公務員の労働組合に対する新たな法規制の制定が必要」と、中野区保育士争議とＣＡＤ争議を名指しして立法化を急がせた経緯が総務省研究会報告書に記録されていた。その事実が本件争議の最中に判明したのであった。非正規公務員の闘いの高揚を何としても抑え込む対抗手段として新たな制度導入を急いだ訳である。

最後に奈緒子はこう自問する。

――ＣＡＤ争議の勝利とは何だったのだろうか。奈緒子は深い困惑の淵に立って、権力者たちの支配構造への飽くなき執念と、底知れぬ強さを覚えた――

攻撃はさらに大きな波となって次々と押し寄せてくる。立ちはだかる現実の前で奈緒子は自問する。この時代だけでは越えられない労働運動の困難性。しかしそのことを正面に睨みつけて、決して気持ちを逸らそうとしない。奈緒子たちは更に決意する気概を吐露する。労働争議をテーマとする作品に一層のリアリティーを与えている。

非正規労働者たちは言う。

――労働者階級の真の勝利は、もっと根本的な勝利を手にする時代にこそ、訪れるのである。（中略）そうだ奈緒子は今はっと気が付いた。ＣＡＤ争議の勝利は、そのための大切な一歩だったのだ――

生来の楽天性に加えて、社会科学的歴史観にも覚醒し成長していく奈緒子の姿がそこにある、希望ある未来へ読者も誘われるような清々しい下りである。

希望と言えばもう一つ、この作品には「うた」が流れている。「非正規」労働者たちは貧しさから恐らく抜け出せないであろう。その哀しさを描きながらも、絶望の中で労働組合に巡り会えた労働者の歓びのうたが流れているのだ。厳しい闘いを主題にしてそのオブリガートに「うた」が流れている。そのことでこの作品の世界に確かな希望を見出すことができる。マイノリティーにおかれようが諦めず闘いに立ち上る労働者たちへ、作者の至純の愛の眼差しが注がれている。

「非正規」労働者が謂われなく縁辺に追いやられていく有様を追い続けると、どうしても重苦しさが伴なう話になりがちである。だが「非正規のうた」の登場人物たちは、彼岸花が地底から空へグイグイ伸びあがっていくようにエネルギッシュである。決意と歓びの心情もよくとらえられていて心地よい。そんな歓喜の「うた」がこの作品にはずっと流れていることに読者は気づかれたと思う。

ところで貧困労働者を取り上げた小説を読む時、筆者にはときどき気に掛かることがある。それは「彼らはいかに貧しく虐げられているか」という描写に留めないで欲しいからだ。もう少し当事者の心に分け入り「彼らはどこへ向かおうとしているか」その明暗までを描いてほしいと欲張りたくなる。この作品にはそれが存分に滲み出ており、つまらぬ気掛かりは杞憂であった。

2

小説の題にある「非正規」という言葉を近頃は頻繁に耳にするようになった。実をいえば、「非正規」は法律上に規定された正式な用語としては存在しない。大括りにいえば、「正社員」「常勤職員」は無期雇用契約の労働者であり、「アルバイト、臨時従業員、パートタイム、嘱託・非常勤」などは有期雇用契約の労働者に区分される。しかしこの区分には「非正規」という区分概念は見当たらない。「正社員募集」と書くが「非正規社員募集」とは書かない。「非正規」なる用語は職種を表さず、資格やキャリアを表すものでもない。ところがいったん職場に入れば「あなたは非正規だから」と容赦なく見えない線引きがされる。つまるところ「正規ではない労働者」を総称しており、ここが重要なことなのだが、明らかに身分の差異を指した言葉である。それらを包み込む、いわばメタファーとして「非正規」という言葉が使われていると理解すべきなのである。

現代の労働諸法規はもちろん「身分差」によって労働条件や労働契約を区別することを禁じている。それが何故いまだにまかり通るのか。わかり易い例を挙げると、ＥＵ諸国には非正規労働者なる労働契約などないし、そうした通念すらない。パートタイム、有期雇用労働は存在するが、正規労働者ではないという身分概念はそもそもない。日本のように常勤労働者と同じ業務に就くパートタイムが、正規ではないだけで時給換算単価が理不尽に差別されることもない。時給換算で均等待遇が保障される原則と社会秩序がこれらの国に存在するからである。むしろ短時間労働者に対して逆に常勤労働者の単価より上乗せした賃金裁定を使用者に義務付ける国もいくつかある。短時間契約による減収は使用者が相応にカバーする責任があるからだと説明すると、ほとんどの日本人労働者は驚く。それほど日本には身分的賃金差別は仕方がないという通念が行き届いているわけでもある（欧米でも原則外の事例はあるがここでは詳論しない）。またＥＵにおいては有期雇用の採用はあくまで例外的と規制され、日本のように正社員数より有期雇用従業員数が上回る企業が急増するような国情とは異なる。

かくして「非正規」労働者は日本の労働力人口の半数に迫りつつある。

いまや無くてはならない存在でありながら、いまに在ってはならない存在、それが、劣悪状態におかれたまま増え続けている「非正規」労働者である。

そもそも「非正規」なる言葉は労働者が好んで使ってきた言葉であるはずがない。使用者企業側があえて正規労働者と区別しようとして慣用されてきた言葉である。

「非正規だからしようがない」といった風に、差別の被害意識を薄めるためには都合の良い用語であり、日本の国民に呪文のように擦り込まれてきた危険な常套句である。それが疑問もなく行政もメディアも労働者自身にも根付いてしまった。これには以下に述べるように労働運動側にも遠くない責任があるし、そのように考えることはこの作品を理解する上でも役立つと筆者は思っている。

奈緒子の先輩が、講師料は「我慢料、涙料」だと、そっと教えてくれたように、正社員・正規職員には正規という意識が官民問わず今も根強くある。しかも労働組合が正規社員・正規職員中心に作られていることから「非正規」労働者に関心が向けられてこなかった。これは日本の労働運動が今に至るまで重大な弱点を温存させてきた一つの負の歴史である。同じ企業内にいる臨時・パート労働者を正社員組合に加入させる意欲は極めて薄弱である。それならパートたちが自分たちで組合を作ればよいではないか？　実はそうはいかないから厄介なのである。同じ会社・職場に別の組合は作らせないという誤ったテリトリー意識が正規労働者の組合に根強く残っている。非正規労働者が自らの要求で声を挙げることは容易ではない事態で、この先も続くと見る他ない。労働組合には革新的な面と実に保守的でいつまでも進歩しない面もあって、なぜそうなのか、その理由を探っていくと、企業内組合の本質に辿り着くことになる。日本の労働組合は圧倒的に企業内組合の寄りあった連合組織で築かれているからである。

作品にも出てくる正規職員によるハラスメントは、単に人間性の問題だけではない。職場内にある差別意識から起きていることが理解できるはずである。戦前からある「職工」「臨時工」の差別制度の遺制が現代の企業社会へ地続きになって温存されている一つの証左でもある。それは資本側の強い動機に依っている。パート・アルバイト・契約社員などを単に「短時間契約」「有期雇用契約」として取引きするだけでは事足りず、身分制の意識を植え付ける。ボーナスも定期昇給も退職金も福利厚生もどれも法定に制約されないから、出なくても当たり前、というところへ終身閉じ込めておきたいからである。そうした仕組みを巧みに隠すために「非正規」なるメタファーが必要であり、それが通念化し常用句に格上げされたといえる。

3

作品の中に訓練校の正規職員が講師に対して苛めや退職に追いやる話がいくつか出てくる。訓練校に限らないことではあるが、ここには正規と非正規の身分差が無意識のうちに単純な優劣意識を生んでしまう怖さがあり、作品にも描かれている。東京都の訓練校には専任と言われる訓練業務に就く正規職員が約三百人弱配置されているが、非常勤講師は千人もいる。この意味するところは、非常勤講師なる非正規公務員の圧倒的な労働力に依存しながら公共職業訓練が運営されているということである。実はここに深刻な問題を見てとることができる。一人の専任と数人の講師があたかも使用者と被使用者の関係に置かれた現実がある。任命権者でもない一担任が講師の生殺与奪権を握り、首を切るようなことが実際に頻繁に起きているのである。しかし講師はそれぞれの分野における高度な資格を有した専門職である。正規職員は行政職のオールラウンドな事務主事が少なからずいて、講師に対する激しいコンプレックスを抱く人もいる。ふとしたことからパワハラに至るケースは珍しくない。それを作者自身も現役時代に幾度か経験しており、また多くの被害者の講師や時に訓練生を救援する活動も重ねてきた。作品中の小野田という専任をはじめ幾人かの専任による苛めのトラブルが書かれているのも実際の体験からであろう。ところが執拗な虐待をうけてきた奈緒子は、なぜか彼らを憎み敵愾心を抱く描写はされない。むしろその眼差しは同情的でさえあるのは意外である。

そのわけは正規職員も苦しめられている公務職場の実態を奈緒子はよく知っていて、正規公務員と非正規公務員が分断されているところに本当の原因があると、おそらく奈緒子は考えているからであろう。彼ら正規職員の苦悩やコンプレックスは公務員としてのプライドを深く傷つけ、目下に当たる講師たちへの苛めとなる。そう奈緒子が考えるシーンが出てくる。担任が授業に必要な教具を隠したり、指導教科の打ち合わせにも逃げ回ったり、講師を生徒の前で辱めるなど、幼稚ともいえる挙動を繰り返す。まさに「抑圧の移譲」と言われる心理状態から出る行為である。正規と非正規の歪んだ職場のヒエラルキーに奈緒子は幾度も悩まされてきた。

ある専任は自身も研究者として仕事を奪われ、やりたくない訓練校指導員に飛ばされたことに納得いかないまま勤務している。彼の苛立った様子が描かれている。苛めの加害者には敢然として闘い、他の部署へ配置転換させることまでやってのけた奈緒子だが、それでいながら他方で彼らの行為を憎まずむしろ同情的でさえある。最後まで理解しようと努める奈緒子を、作者はこれを矛盾していると は書かない。それがかえって読む者の胸を打つ。

こうした正規職員と非正規職員間の矛盾を深める公務職場になっていく背景の一つには、正規公務員の激減と非正規職員の激増が進められた歴史を挙げなければならない。八〇年代の第二次臨調（臨時行政調査会）によって公務員の抜本的な削減、公務直営の民営化が次々と断行され、直営の聖域とされてきた公務労働が一気に崩されて行く。これがいわゆる中曽根（内閣）臨調行革路線である。それまで安定した正規公務員と、その補完である非正規職員という明瞭な関係に、複雑な矛盾を作り出していく。

それまで三百万人であった正規が二百万人に減り、入れ替わるようにして非正規が百万人となる。職務も基幹的役割を担うようになっていく。そうすれば正規をさらに削減しやすくできるからである。こうして二対一へと勢力接近が進み、非正規職員が浸蝕者の存在として正規職員には映ったことであろう。だから疎んじられる対象となった。そこで過激なハラスメントが頻繁に起きるようになっていった。作者のいる公共一般労組にもこうしたトラブルの相談が頻繁に持ち込まれた。上から下へと抑圧の移譲は時代を問わず、士農工商や企業社会の官民問わず、引き継がれるようにしてずっとあった。

奈緒子は苛めを正規と非正規の分断から起きると捉えて、加害者もまた被害者に立たされてきた、と考える。その結果は最後の章で、奈緒子はなおも彼ら加害者同調者に対して許そうとジレンマする心の揺れが描かれている。正規と非正規の矛盾関係の上に双方が置かれてきた。そうした歴史的客観的事実に立つ視点で、作者は奈緒子のジレンマを描いたのではないだろうか。

4

作中でＣＡＤ裁判は「職業訓練はどうあるべきか」を巡って論争は核心に迫っていく。作者が四十七年間、生涯かけて働き通した天職でもあるから、ここはどうしても公共職業訓練について少々詳しく触れておかなければならないだろう。

原告側証人として教育学者で職業訓練行政研究者の尾田教授は次のように指摘した。

「職業訓練は日本では教育と別に考えられがちであるが、本来教育と一体であり、教育基本法の中でも、職業訓練は社会教育の基本的な一つと把握される。日本国憲法、世界人権宣言や国際人権規約（A六条の一）で労働権は適職選択権として構成・規定され、同規約（A六条の二）は労働の権利の実現のため国は職業訓練の計画・政策を展開すべきである。また十三条では、それらを無償で行うと規定する。これらは生存権的基本権としてその公的な積極的保障が要請される」

だが東京都能力開発課長は重要な基本規定に一切触れず、勝手な持論を展開する。

「職業訓練は教育ではない。訓練講師に求められるものは、即戦力として生徒を世の中に送り出す能力を持っていることだ」

東京都は職業訓練を就職活動支援に限定する主張をこれまでにも公言してきたが、法廷の応酬でも、日本の訓練行政がＯＥＣＤ各国のそれとは根本的な違いがあることをいってはばからなかった。

東京都の主張は一見常識的な主張に聞こえるかもしれない。自民党政権も「これからの学校教育は社会への即戦力を培うべきだ」と似たことを言うし、学校教育の現場もこうした方向に変質が進んでいる状況が現実にあるからだ。

裁判の論争は現代社会が抱える深刻な問題を孕んでいたのである。

いま日本は若年者の失業率が長い間高止まり状態にある。全体の完全失業率が2・1%に対して十五歳〜二十五歳は一・六倍の4・6%である。(総務省統計局労働力調査二〇二〇年)ただしこれは完全失業率の比較であって、本来は若年者の未就業・半失業者・失業保険の手当不受給者なども含めて示さないと実態調査にはならない。実質的な失業実態はこれの二〜四倍前後とみられており、若年者はいま深刻な状態におかれている。これは国際的にも同じ傾向にあるものの、公共職業サービスとなるとOECD諸国と日本は大きな違いをみせる。積極的な公共職業サービスがGDP比で三倍〜五倍、失業無業者への所得補償や支援は三倍〜一〇倍(GDPに占める労働市場政策への公的支出二〇一五/労働政策研究・研修機構)という大変な差である。

「学校から仕事へのトランジション(移行)」においても違いがある。フルタイムの学校教育を修了して、安定的なフルタイムの職に就くことが国際的な流れであるところ、日本の学校教育も職業訓練教育もこれを踏まえたものになっていないからである。学校教育の目的は、職業人養成だけではない。新しい生活・人生・社会を力強く過ごし創り出していける大人・社会人へと育てるという、学校教育の社会的機能も目的としてある。単に就職への即戦力養成だと、いまのように若者が学校からフルタイムの仕事へ繋がらない事態に直面すると、一気に失業者・ニート(教育・労働・職業訓練のいずれにも参加していない者)や不安定雇用労働者を生み出していくことになるからである。

だからこそ、学校から仕事へスムーズに移行できない時代状況にあっては、公共職業訓練はますます重要性を増している。東京都が言うような、単に就職斡旋的な技能教育だけではなく、学校教育本来の目的の延長・補完を公共職業訓練が社会的機能として担わなければいけない。

奈緒子がドイツに渡って公共職業訓練の社会的機能がしっかり果たされていることを学んだ話が出てくる。実際に作者が東京都の職業能力開発担当と議論を交わしたときに、東京都側の幹部は「それは日本には通じない話だ」と一蹴したのである。

奈緒子たちはこうした後進性を裁判の重要な争点にして厳しく追及したのである。

尾田教授はさらに追撃した。「こうした公的な権利保障の一環である職業訓練の民営化は全く不適切である。そもそも教育指導能力は経験の集積により、訓練の質の向上のためにも、身分保障による経験蓄積の保障が特に重要である。それを委託によって断ち切るのは訓練の充実を図るべき訓練行政の責任放棄である」

凛として尾田教授の声は法廷に響き、被告側から明瞭な反論は起きなかった。

尾田教授の相手を圧倒する弁論がＣＡＤ裁判における重要なターニングポイ

ントになったと書いているが、現実の争議もまたそのように進んでいったのである。

日本最大の自治体東京都が襲いかかった相手は、数万人いる職員の中でわずか三十一人の非常勤講師の『雇用問題に過ぎないかもしれない。しかしそれが民営化に立ちはだかる障害物であれば、どんなに小さいものであっても総力を注いで排除しようとする。

権力とは策謀が捨てられない宿命体である。

「非正規のうた」は、策謀する権力者と、非力を寄せ合って立ち向かった労働者の双方の姿をリアルに描くことに成功した力作である。

中嶋祥子（なかじま・しょうこ）

1945年　江戸川区小岩に生まれる
74年　東京都職業訓練非常勤講師（トレース科、後にCAD製図科）
90年　都区関連一般労働組合（後の東京公務公共一般）結成に参加
2010年　東京公務公共一般労働組合中央執行委員長（～19年）
15年　CAD製図科民間委託により解雇され、解雇撤回争議を闘う
18年　争議に勝利し職場復帰
20年　東京都退職

1996年　第9回船橋市文学賞受賞
97年　全労連第6回文学賞佳作
98年　自治労連文学賞佳作
2000年　エッセイ集『花かるた』
日本民主主義文学会会員

民主文学館

非正規のうた
2023年4月12日　初版発行

著者／中嶋祥子
編集･発行／日本民主主義文学会
〒170-0005　東京都豊島区南大塚2-29-9　サンレックス202
TEL 03(5940)6335
発売／光陽出版社
〒162-0811　東京都新宿区築地町8
TEL 03(3268)7899
印刷・製本／株式会社光陽メディア

ISBN978-4-87662-641-0 C0093
